Bianca

LA NOVIA SUPLANTADA
Jane Porter

Editado por Harlequin Ibérica.
Una división de HarperCollins Ibérica, S.A.
Núñez de Balboa, 56
28001 Madrid

© 2019 Jane Porter
© 2019 Harlequin Ibérica, una división de HarperCollins Ibérica, S.A.
La novia suplantada, n.º 2742 - 27.11.19
Título original: His Shock Marriage in Greece
Publicada originalmente por Harlequin Enterprises, Ltd.

I.S.B.N.: 978-84-1328-499-6
Depósito legal: M-29560-2019
Impreso en España por: BLACK PRINT
Fecha impresion para Argentina: 25.5.20
Distribuidor exclusivo para España: LOGISTA
Distribuidor para México: Distibuidora Intermex, S.A. de C.V.
Distribuidores para Argentina: Interior, DGP, S.A. Alvarado 2118.
Cap. Fed./Buenos Aires y Gran Buenos Aires, VACCARO HNOS.

MIXTO
Papel procedente de
fuentes responsables
FSC® C108412

Prólogo

KASSIANI Dukas estaba inmóvil en el sofá blanco del salón, intentando hacerse invisible mientras su padre, Kristopher Dukas, paseaba de un lado a otro con las manos a la espalda. Estaba furioso y lo último que quería era que esa furia se volviese contra ella.

Las cosas iban mal. Elexis se había ido. Su hermana mayor debía casarse con Damen Alexopoulos al día siguiente, pero Elexis había desaparecido por la noche. Se había escabullido de la villa de su prometido en la Riviera ateniense, donde se alojaban también su padre y ella, para viajar a Atenas con sus amigos, más que dispuestos a alejarla de una boda, y de un matrimonio, que ella nunca había querido.

Y ahora su padre estaba a punto de darle la noticia al poderoso magnate griego, un hombre brillante, ambicioso y peligroso cuando era traicionado.

Y acababa de ser traicionado.

La puerta se abrió en ese momento y Damen Alexopoulos entró en el salón, dejando a Kassiani sin aliento. Lo había visto antes, en San Francisco, durante la fiesta de compromiso con Elexis, pero no había hablado con él porque solo estuvo media hora, saludando a unos y a otros, antes de volver a Grecia.

Tenía unos penetrantes ojos grises, unas facciones

marcadas y unos labios firmes y carnosos que la fascinaban. Era más alto de lo que recordaba y sus hombros parecían más anchos. Moreno, atlético, con unas piernas largas y poderosas…

Kass nunca había entendido por qué Elexis no encontraba atractivo a aquel fabuloso ejemplar de hombre, pero su hermana prefería a los jovencísimos modelos y actores que le daban coba, esperando beneficiarse de su dinero y su notoriedad.

–Me han dicho que querías verme –dijo Damen, con una voz profunda y ronca que le erizó el vello de la nuca a Kassiani.

–Buenos días, Damen –lo saludó su padre, intentando mostrarse despreocupado–. Bonita mañana, ¿verdad?

–Preciosa, pero he tenido que interrumpir una reunión importante para venir aquí porque me habían dicho que era algo muy urgente –replicó él, con tono impaciente.

–¿Muy urgente? –repitió su padre, intentando sonreír–. No, yo no diría eso. Siento mucho que te hayas preocupado.

–No estaba preocupado –se apresuró a decir Damen–. Pero ya que estoy aquí ¿para qué me has llamado?

Kassiani se aplastó contra el respaldo del sofá, como intentando hacerse invisible. No era fácil porque era una chica grande, rellenita, de curvas marcadas, pechos grandes y un generoso trasero que últimamente se llevaba mucho si tenías una cintura estrecha. Pero su cintura no era particularmente estrecha, su estómago no era plano y sus muslos se rozaban. Al contrario que su fotogénica hermana mayor, ella no tenía una cuenta de Instagram ni publicaba selfis porque no salía bien en las fotos.

Ella no formaba parte de los círculos de la alta sociedad, no viajaba en avión privado ni iba de fiesta a Las Vegas, el Caribe o el Mediterráneo.

Si su apellido no fuese Dukas, habría sido una chica normal. Si su padre no hubiera sido uno de los griegos más ricos de Estados Unidos, nadie se fijaría en ella.

Sería invisible.

Con el paso de los años, Kass había empezado a desear ser invisible de verdad porque serlo era mejor que ser visible y digna de compasión. Visible y desdeñada. Visible y rechazada. Y no solo por celebridades y frívolos miembros de la alta sociedad, sino por su propia familia.

Su padre jamás había mostrado el menor interés por ella. Solo le interesaba su hijo y heredero, Barnabas, y la preciosa Elexis, que lo había enamorado desde que nació con sus grandes ojos castaños y sus simpáticos pucheros.

Kass nunca había sido simpática. Para su familia, era una niña silenciosa, huraña e imposiblemente cabezota que se negaba a charlar con los importantes invitados de su padre. No quería cantar o tocar el piano. En lugar de eso, Kass quería hablar de política y economía. Desde pequeña le fascinaba la economía y hacía predicciones sobre el futuro de la industria naviera que horrorizaban a su padre. Daba igual que leyese mejor que cualquier niño de su edad o que fuese la mejor del colegio en matemáticas. Las buenas chicas griegas no opinaban sobre asuntos de interés nacional, política o economía. Las buenas chicas griegas se casaban con hombres griegos para crear la siguiente generación. Esa era su responsabilidad, ese era su valor, nada más.

Kassiani había dejado de ser incluida en las fiestas familiares. No la invitaban a cenas o eventos. Se convirtió en la hija olvidada.

–Te agradezco que hayas venido inmediatamente –estaba diciendo su padre–. Lamento haberte molestado, pero tenemos un problema.

El padre de Kassiani era un armador como Damen, pero grecoamericano, nacido y criado en San Francisco. Ella sabía que estaba nervioso, pero su voz no lo traicionó. Al contrario, parecía positivo y optimista.

Y Kass se alegraba de ello. Uno no debía traicionar sus miedos en las negociaciones y la fusión de la Naviera Dukas con el emporio Alexopoulos gracias al matrimonio de Damen y Elexis era una transacción comercial. Una transacción que, en ese momento, estaba en peligro.

Su padre no podía devolver el dinero que Damen había invertido en la Naviera Dukas, que estaba al borde de la ruina debido a una mala gestión. La empresa se habría hundido sin una inyección de dinero y Damen había sido ese inversor. Había mantenido su compromiso, pero ahora Kristopher debía decirle que los Dukas no iban a cumplir su parte del trato.

Kass miró por la ventana de la villa. El sol se reflejaba en las brillantes aguas del mar Egeo, de un vibrante color turquesa, más claras que las turbias aguas del océano Pacífico.

–No sé si lo entiendo –dijo Damen entonces. Su tono era amistoso, pero Kass sabía que aquello solo era el preludio de la batalla.

Los boxeadores chocaban los guantes antes de empezar el combate, los jugadores de fútbol se daban la mano.

Damen y su padre estaban cruzando las espadas.

Kass miró de uno a otro. Damen no parecía un magnate. Era demasiado atlético, demasiado imponente. Tenía la piel bronceada y el aspecto de un hombre que trabajaba en los muelles, no frente a un escritorio. Pero era su perfil lo que más llamaba su atención, esas facciones esculpidas, tan severas como todo en él: la ancha frente, los altos pómulos, el puente de la nariz, que parecía haber sido roto más de una vez.

Era un luchador, pensó, y no se tomaría bien la noticia que su padre estaba a punto de darle.

—Tenemos un problema. Elexis se ha ido —anunció Kristopher entonces—. Espero que vuelva pronto, pero...

—No tenemos un problema, tú tienes un problema —lo interrumpió Damen.

—Lo sé —asintió su padre—, pero he pensado que deberíamos notificárselo a los invitados mientras haya tiempo.

—No vamos a cancelar la boda. No habrá promesas rotas ni humillación pública. ¿Está claro?

—Pero...

—Me prometiste a tu mejor hija hace cinco años y espero que cumplas lo prometido.

«Tu mejor hija».

Kassiani se mordió el labio inferior para contener el dolor y la humillación.

Vio entonces que Damen la miraba con expresión seria, con las largas pestañas negras enmarcando unos intensos ojos de color gris oscuro. No sabía qué pensaba, pero esa breve mirada intensificó su dolor.

Ella no era «la mejor hija» y nunca lo sería.

Damen se volvió hacia su padre esbozando una desdeñosa sonrisa.

—Nos veremos mañana en la iglesia —le dijo—. Con mi prometida.

Y luego salió del salón.

Capítulo 1

ERA EL perfecto día de mayo para una boda en la Riviera ateniense. El cielo era de un azul muy claro, sin nubes, el sol se reflejaba en las paredes de la diminuta capilla, con el mar Egeo y el templo de Poseidón como telón de fondo. La ceremonia y el banquete tendrían lugar en la histórica villa de Damen en cabo Sunión. La temperatura era perfecta, agradable, ni calurosa ni húmeda.

En circunstancias normales, una novia se sentiría feliz, pero Kassiani no era una novia normal. Ni siquiera debería ser una novia, pero esa mañana Kristopher Dukas tomó la drástica decisión de intercambiarla por su hermana y, por lo tanto, Kassiani estaba frente a la puerta de la capilla, esperando la señal para entrar con el estómago encogido.

Había muchas posibilidades de que aquello no terminase bien y temía que el novio la dejase plantada en el altar al ver que no era su hermana. Damen no era tonto. De hecho, era uno de los hombres más poderosos del mundo y no le haría gracia ser engañado.

Y ella no tenía por costumbre engañar a nadie. Era la hija menor de Kristopher Dukas, la menos notable en todos los sentidos. Pero, cuando su padre la acorraló esa mañana, exigiéndole que lo hiciese para salvar a la familia, tuvo que aceptar. Se casaría con Damen Alexopoulos, pero no para salvar la empresa de su padre, sino para salvarse a sí misma.

Casarse con Damen sería una salida. Escaparía de la casa de su padre, escaparía de su control porque, a los veintitrés años, estaba decidida a ser algo más que la deslucida, torpe y aburrida Kassiani Dukas.

Casarse con el magnate Damen Alexopoulos no cambiaría su aspecto físico, pero sí cambiaría cómo la veían los demás. Los obligaría a reconocerla como alguien importante, aunque sonase patético.

La música del órgano empezó a sonar en el interior de la capilla y su padre, bajito, rollizo, con el pelo canoso, le hizo un gesto impaciente.

Kass contuvo un suspiro. A su padre no le caía bien. De niña, no había entendido su frialdad hacia ella porque era muy cariñoso con Elexis, pero cuando se hizo mayor fue capaz de desentrañar el misterio.

Kristopher no era un hombre atractivo, pero ansiaba ser respetado. Tener dinero era una forma de conseguirlo, como lo era tener una familia atractiva. Y mientras Elexis era el clon de su difunta madre, que había sido modelo antes de casarse, ella desgraciadamente se parecía a su padre, de quien había heredado su constitución y su marcada mandíbula. Y eso no era lo que quería una mujer cuando su madre había sido una famosa modelo.

Kassiani exhaló un suspiro. Esos pensamientos no la ayudaban nada. Su autoestima, siempre escasa, estaba hundiéndose en ese momento. Y entonces su padre chascó los dedos.

Al parecer, había llegado la hora.

Temblaba de arriba abajo cuando su padre levantó el pesado velo de encaje para cubrir su rostro.

Estaba aterrorizada y, sin embargo, experimentaba una extraña calma. Una vez que entrase en la capilla no habría vuelta atrás. Elexis había defraudado a su padre, a toda la familia. Ella no haría tal cosa.

Por una vez, podría hacer algo por el negocio familiar. Había querido trabajar en la Naviera Dukas desde que estaba en el colegio. Incluso había estudiado Dirección de Empresas y Derecho Internacional en la universidad de Stanford, pero su padre la había rechazado, negándose a contratarla o escuchar sus ideas. Era un hombre muy anticuado y creía que el puesto de la mujer estaba en casa, teniendo herederos, preferiblemente masculinos.

Después de veintitrés años siendo un bochorno para la familia, por fin podía ayudar a su padre salvándolo de la ruina y la humillación.

Kassiani tomó aire, levantó la cabeza y entró en la capilla ortodoxa. Era muy pequeña, solo cinco filas de bancos a cada lado del estrecho pasillo. Tardó un momento en acostumbrarse a la penumbra del interior, pero entonces vio al novio.

Damen Michael Alexopoulos estaba frente al altar con el pope. Con un elegante traje de chaqueta oscuro, tenía un aspecto más formidable que el día anterior.

¿Sospecharía algo? ¿Se habría dado cuenta de que no era Elexis? El velo era tan grueso que apenas podía ver a través del encaje, pero Damen no tardaría mucho en darse cuenta de la diferencia de estatura y constitución. Ella no podía ser Elexis, la reina de Instagram.

Incluso llevando aquellos incómodos zapatos de altísimo tacón, Kassiani seguía siendo bajita. Y el anticuado corsé, necesario para que le entrase el vestido de su hermana, no podía disimular sus rotundas curvas cuando Elexis era tan delgada.

—Lo sabe —murmuró.

—No lo sabe —replicó su padre, con los dientes apretados—. Y es demasiado tarde para echarse atrás. No puedes fallarme.

Kass apretó los labios. No iba a fallarle, no podía hacerlo, de modo que dio un paso adelante. No iba a dar marcha atrás. No iba a tener miedo.

Haría que aquello funcionase. Encontraría la forma de complacer a su marido y uniría a las dos familias. Y sería ella, Petra Kassiani, quien lo hiciera, no Elexis, que había salido huyendo, ni su hermano, Barnabas, a quien le importaba tan poco la familia que no se había molestado en acudir a la boda.

Podía hacerlo, estaba segura.

La cuestión era, ¿lo haría él?

En cuanto Kristopher Dukas entró en la capilla con la novia, Damen supo que era la hija equivocada.

Incapaz de creer la temeridad del estadounidense, observó al corpulento Kristopher avanzar por el pasillo con su hija, cuyo rostro estaba oculto bajo un pesado velo.

Al parecer, Dukas había tomado la salida más fácil. En lugar de buscar a la rebelde Elexis, sencillamente había intercambiado a sus hijas, sustituyendo a la mayor por la más joven.

¿Quién hacía algo así? ¿Qué clase de hombre trataba a sus hijas como si fueran ganado?

Incluso él, que era despiadado en los negocios, conocía la diferencia entre deshonestidad y traición. Y aquello era una traición.

Aquella chica no era Elexis y él había elegido a Elexis por muchas razones. La bella, refinada y ambiciosa Elexis Dukas era perfecta para él por su aspecto y su temperamento. Era conocida en todas partes, le encantaban los focos y la atención y era una renombrada anfitriona, algo que él necesitaba de una esposa porque detestaba los compromisos sociales.

Ella podría representarlo en los eventos importantes y nadie lo echaría de menos. ¿Por qué iban a hacerlo si la tenían a ella?

No sentía ningún afecto por Elexis, pero era la novia que había elegido y le había propuesto matrimonio conociendo sus virtudes y sus defectos. Elexis tenía un envidiable estilo de vida. Viajaba por todo el mundo con la *jet set*, iba a las mejores fiestas, llevaba ropa de diseño y se sentaba en la primera fila en los desfiles de moda. Su vida era una aparición en los medios de comunicación detrás de otra, pero eso le convenía.

Necesitaba una esposa que supiera cuál era su sitio y que no hiciese demandas emocionales porque él no toleraba demandas.

Pero ahora que Elexis había desaparecido y había una Dukas muy diferente a su lado, se le ocurrió que tal vez aquel había sido el plan de Kristopher desde el principio.

Tal vez Elexis nunca había estado dispuesta a casarse con él. Tal vez Kristopher no tenía intención de entregarle a su querida hija y había sido su intención desde el principio cargarlo con su hija menor, a la que se había referido en una ocasión como «el patito feo» de la familia.

Debería irse, pensó.

Pero cuando estaba a punto de soltar la mano de ese «patito feo» ella levantó la cara y susurró:

–Lo siento.

Después de la ceremonia, fueron a la antesala de la capilla para firmar el registro. Damen apretó los dientes, furioso al pensar que ni siquiera sabía el nombre de su esposa.

–¿Si no eres Elexis, con quién me he casado? –le preguntó, tomando un bolígrafo.

–Kassiani –respondió ella, con voz ronca.

–Ese no es el nombre que pronunció el pope.

–No, usó mi primer nombre, Petra, pero nadie me llama así. Me llaman Kass o Kassiani.

Damen sacudió la cabeza, enfadado con ella y consigo mismo por no haber salido de la capilla antes de la ceremonia. ¿Por qué había dejado que su disculpa lo afectase de tal modo?

¿Por qué ese susurro de disculpa había evitado que la dejase plantada en el altar?

No sabía la respuesta y no estaba de humor para seguir pensando en ello.

–No lo pienses más –dijo después de firmar el documento, ofreciéndole el bolígrafo.

Ella lo tomó con expresión preocupada.

–Muy bien.

–¿Este era el plan desde el principio, intercambiar a las hermanas?

Kass se puso colorada.

–No.

–No te ofendas, pero yo no quería casarme contigo.

–Lo sé.

–No es mi intención insultarte.

–No me siento insultada.

En otras circunstancias, seguramente le habría caído bien porque era directa e inteligente, pensó Damen. Pero los Dukas lo habían engañado y no estaba de buen humor.

–Yo no soy de los que olvidan y perdonan.

Vio que una sombra cruzaba su rostro y casi sintió pena por ella, pero la sombra desapareció enseguida, dejando en su lugar una expresión serena y compuesta.

–Como puedes ver, yo no soy de las que dejan pasar la oportunidad de tomar un trozo de tarta. Parece que cada uno tiene que llevar su cruz.

Luego Kass se inclinó sobre el registro para firmar, con el largo velo cayendo sobre sus hombros como una cascada blanca.

Damen no sabía si habían sido sus palabras o su sentido del humor, pero sin saber por qué le levantó la barbilla con un dedo para apoderarse de su boca. No era así como un hombre debería besar a su flamante esposa en una capilla, pero nada en aquella boda era normal.

Kassiani paseaba por el lujoso dormitorio de la villa en el que se había vestido para la ceremonia, intentando calmarse. Tenía la impresión de que todo aquello podía hundirse de un momento a otro. La ceremonia no serviría de nada a menos que el matrimonio fuera consumado y no se podía imaginar a Damen interesado en acostarse con ella. Francamente, tampoco ella quería hacerlo y sintió un escalofrío al recordar su frialdad cuando le dijo que él no era de los que olvidaban y perdonaban.

Kass no lo dudaba.

Y por eso estaba en el dormitorio, escondida, acobardada. Había encontrado valor esa mañana para acudir a la capilla y ocupar el sitio de Elexis, pero ese valor se había esfumado.

Por suerte, la ceremonia había sido discreta, solo con algunos amigos y familiares presentes, pero el banquete sería fabuloso, con cientos de invitados que habían acudido desde todas las partes del mundo para ser testigos del matrimonio de Elexis Dukas y Damen Alexopoulos.

Kassiani dejó de pasear y se dobló sobre sí misma, a punto de vomitar. Los invitados se reirían al verla. Una cosa era hacerse pasar por Elexis en una oscura capilla, oculta bajo capas de encaje, y otra muy diferente hacerlo delante de aquellos que conocían a su hermana.

Se había convencido a sí misma de que podía hacerlo, pero solo había pensado en la ceremonia. No había pensado en aparecer en público como la flamante esposa de Damen Alexopoulos.

Su esposa.

Se le doblaron las rodillas y tuvo que dejarse caer sobre la cama.

¿Qué había hecho?

Estaba secándose las lágrimas cuando se abrió la puerta y Damen entró en la habitación. Ni siquiera se había molestado en llamar.

Esperó que él dijese algo, pero no dijo nada. La miraba en silencio y ese silencio era insoportable. Los segundos parecían minutos, horas.

–Por favor, di algo –murmuró por fin.

–Los invitados están esperando.

Kass se imaginó la terraza llena de mesas con manteles blancos, copas del más fino cristal y brillantes candelabros…

No, aquel no era su sitio. No era su boda, no eran sus invitados.

–No puedo bajar.

–¿Debo subir a los invitados aquí?

–No, por favor.

–¿Quieres que te lleve en brazos?

–¡No!

Kass no podía mirarlo siquiera. Lo que le había parecido un gesto de valentía esa mañana, ahora le parecía la peor idea de su vida.

–Es un poco tarde para echarse atrás.

–Estoy de acuerdo –murmuró ella.

Damen dejó escapar un suspiro de irritación.

–Si esperas compasión…

–No espero nada.

–Mejor, porque todo esto es culpa tuya.

Kass iba a decir algo, pero cerró la boca y apretó los labios. Porque él tenía razón. ¿Cómo iba a discutir?

–No puedes quedarte aquí todo el día.

Kass jugó con una perla bordada de la falda del vestido.

–No me gustan las fiestas.

–¿Aunque sea tu propia boda?

–Como los dos sabemos, no debía ser mi boda.

–Y ese es el problema.

Kass levantó la mirada, pero él la ponía tan nerviosa… No se parecía a su padre o a su hermano. No se parecía a nadie.

–¿Qué pensabas que iba a pasar? –le preguntó Damen en voz baja.

Kass odiaba sentirse tan patética, odiaba sentirse como un fracaso. No se había casado con él para ser un fracaso.

–No pensé en el banquete ni en los invitados –le confesó por fin–. La verdad es que ni siquiera se me ocurrió. Solo pensé en la ceremonia y luego… –Kass tomó aire y levantó la cabeza para mirarlo a los ojos– en todo lo demás.

–¿Y qué es todo lo demás?

–Pues… ser la esposa adecuada –respondió Kass–. Soy griega y sé lo que esperan los hombres griegos.

–¿Eso es lo que te ha dicho tu padre?

–Sí.

Algo en la especulativa mirada de Damen le aceleraba el pulso y no sabía cómo controlar sentimientos tan nuevos y tan extraños para ella.

–¿Y qué esperan los hombres griegos?

Kass tragó saliva, intentando no traicionar su nerviosismo.

–Debo cuidar de ti, cuidar de la casa… o de las casas. Y debo darte hijos. Entiendo y acepto esas responsabilidades.

–Al menos una de las hijas de Dukas es responsable.

–Elexis y yo somos diferentes.

–A ella le gusta ir de fiesta.

–Le habría gustado el banquete, sí.

–Y los fotógrafos.

–La cámara la adora.

–¿Cómo te convenció tu padre para que ocupases el sitio de tu hermana?

Kass frunció el ceño.

—¿Perdona?

—¿Te amenazó o se trata de un chantaje? ¿Cómo consiguió que fueras a la capilla y tomases parte en esta farsa?

—No es una farsa, me he casado contigo —respondió ella, haciendo una pausa—. Por voluntad propia.

—¿Así que te presentaste voluntaria?

—No, eso no, pero cuando mi padre me explicó la situación me di cuenta de que mi familia estaba en deuda contigo. No quería que los Dukas te humillasen públicamente, así que acepté ocupar el sitio de Elexis para que la fusión del negocio y las familias tuviese lugar.

—¿Debo sentirme agradecido de que me hayan forzado a casarme con una virgen?

Kass hizo una mueca.

—No te estoy forzando a nada. Podemos anular el matrimonio hoy mismo si quieres. O mañana, cuando te parezca —replicó, levantando la barbilla—. Mientras no consumemos el matrimonio, eres libre de anularlo en cualquier momento.

—¿Eso es lo que esperas que haga?

—No, en realidad no. He hecho unas promesas y pienso cumplirlas. Espero que consumemos el matrimonio esta misma noche.

—¿Y si no me apeteciese consumarlo contigo?

Kass se mordió el labio inferior. Sabía lo decepcionante que era como mujer. Ella no podía compararse con Elexis, pero tenía sentimientos. Y esperanzas, y sueños.

—Haré todo lo que esté en mi mano, me esforzaré para que me desees.

Damen atravesó la habitación para acercarse a la

ventana y mirar el antiguo templo de Poseidón, iluminado por los últimos rayos del sol. Esa noche habría
otro ocaso espectacular. Los crepúsculos en cabo Sunión eran legendarios.

—Tal vez deberíamos olvidarnos de esta farsa ahora
mismo —le dijo, de espaldas a ella, con la mirada clavada en el mar.

—Tal vez —asintió Kass—. No te llamaré cobarde si lo
haces.

Él se volvió bruscamente, y la miró con gesto impaciente.

—Yo he cumplido mi parte del trato. Invertí en la
Naviera Dukas, solucioné los problemas legales de tu
padre, me despedí de mi amante y esperé paciente-
mente a tu hermana...

—Evidentemente, fue un error.

—No te estás ayudando nada, cariño.

—Tal vez deberías haber pasado más tiempo con tu
prometida para saber si era la mujer apropiada.

—Tu padre me aseguró que Elexis era la esposa apropiada.

—Y ese es el problema, que confiaste en mi padre
—dijo Kass, jugando con otra perla del vestido—. Soy
realista, siempre lo he sido, y conozco bien a mi familia. Admiro sus virtudes, pero también soy consciente
de sus defectos. Personalmente, yo no habría hecho
negocios con mi padre, pero tú querías la Costa Oeste
de Estados Unidos, querías los barcos, los puertos y los
acuerdos. Bueno, pues ahora los tienes.

Damen dio un paso adelante y Kassiani intentó no
acobardarse cuando estuvo frente a ella, tan alto que
tenía que echar la cabeza hacia atrás para mirarlo.

—¿No tienes buena opinión de mí?

–Creo que has subestimado a la familia Dukas.

–No has respondido a mi pregunta.

Ella vaciló un momento antes de mirarlo a los ojos.

–No me habría casado con un hombre del que no tuviese buena opinión –respondió por fin.

Damen la miró en silencio durante unos segundos.

–A mí tampoco me gustan mucho las fiestas –dijo después–. Así que pasaremos del banquete y nos iremos ahora mismo.

Capítulo 2

DAMEN la llevó hasta la cocina por una escalera de servicio y, desde allí, salieron al jardín. Se abrieron paso entre los árboles frutales, atravesaron el huerto y pasaron bajo un arco de piedra para tomar un camino que llevaba al muelle, donde esperaba una lancha motora.

El piloto le ofreció su mano, pero Damen se adelantó tomándola en brazos. Cuando la dejó en el suelo de la lancha, Kass trastabilló sobre los altos tacones y buscó asiento a toda prisa. Damen se sentó frente a ella y el piloto arrancó a toda velocidad para alejarse de la villa. Kassiani se agarró al borde del asiento con una mano, intentando controlar el pesado velo con la otra mientras miraba la finca, y el banquete, que dejaban atrás.

La villa era grande, una de las más antiguas de la zona en la costa ateniense. Había sido construida frente al Egeo y el arquitecto se había asegurado de que todas las habitaciones tuviesen vistas al mar de color turquesa y al templo de Poseidón en la colina.

Desde allí, podía ver las suaves luces doradas en el jardín, las bombillas de colores colgadas de los árboles y los candelabros que iluminaban docenas de mesas. Desde allí, el banquete parecía mágico y Kassiani sintió una punzada de pesar. Aquella no era la boda que esperaban los invitados.

Intentó imaginarse su reacción cuando descubriesen

que los novios habían desaparecido. ¿Se quedarían a cenar cuando supieran que los novios se habían ido? Tal vez se quedarían para aprovechar el espléndido banquete. Algunos se alegrarían de que no hubiese brindis y otros, aquellos que quisieran a Damen, se sentirían confusos y preocupados.

La boda había sido un desastre.

¿Cómo la había llamado Damen? ¿Una farsa? ¿Una pantomima?

De repente, Kass se sintió culpable y angustiada. Aquello era una locura. Y ahora se iban, pero no sabía dónde. Cuando el cabo empezó a desaparecer de su vista, el piloto aminoró la velocidad de la lancha para acercarse a un enorme yate. Había varios miembros de la tripulación esperándolos en una plataforma, sujetando una escalerilla.

–Quítate los zapatos –le aconsejó Damen–. Será mejor que no subas por la escalerilla con esos tacones. ¿Cuánto miden?

–No lo sé, son altísimos –admitió ella, quitándose los zapatos que le habían destrozado los pies durante toda la tarde.

Damen la tomó en brazos para colocarla sobre la plataforma.

–¿Puedes subir por la escalerilla con ese vestido? –le preguntó.

–¿Qué otra cosa puedo hacer, quitármelo?

–No –respondió él.

–Entonces, puedo subir por la escalerilla con el vestido.

Cuando llegó arriba, ayudada por los miembros de la tripulación, dejó escapar un suspiro de alivio. Un auxiliar la acompañó al interior, llevándola por varias escaleras y pasillos. Las paredes eran de brillante teca y los muebles elegantes y discretos. No tenía nada que ver con el yate de su padre, que lo había construido para su esposa. Lamentablemente, Kristopher Dukas jamás había entendido el gusto de su madre, de modo que el yate era exageradamente femenino, con paredes de color crema, superficies doradas, tapizados florales y horrendas columnas por todas partes para que el interior pareciese un templo griego. A Kassiani le parecía estridente y feo y odiaba que la obligasen a participar en los cruceros que hacían por el Mediterráneo, atrapándolos a todos en una celda flotante.

Contuvo el aliento cuando el mozo que la acompañaba se detuvo frente a una puerta. No sabía si era el dormitorio principal o un camarote para invitados, pero estuvo segura en cuanto puso un pie en la habitación. Tenía que ser el dormitorio principal porque era enorme, con una pared de cristal y una cubierta privada desde la que podía ver el templo de Poseidón, con sus majestuosas columnas brillantes como el oro. Las antiguas ruinas eran impresionantes y Kass salió a la cubierta para admirarlas, pero las luces de una villa al otro lado de la bahía competían por su atención.

La villa de Damen, donde tenía lugar el banquete.

Tal vez su sangre griega reconocía que había vuelto a casa porque, de repente, se llevó una mano al pecho, abrumada de emoción.

–¿Te arrepientes? –le preguntó Damen, a su espalda.

Kassiani se dio la vuelta, intentando esbozar una sonrisa.

–¿Y tú? ¿Te arrepientes? No soy la mujer que tú querías.

–No –respondió él, sin vacilar.

–Entiendo que te sientas decepcionado. Elexis es muy bella.

–Se parece a tu madre.

–Y yo me parezco a mi padre.

–No elegí a Elexis por su belleza.

Kassiani esbozó una sonrisa. No lo creía ni por un momento.

–En cualquier caso, supongo que eso ya da igual, ¿no?

Él miró el cabo Sunión, brillante y dorado, con el famoso templo de mármol construido en el año 440 a.C. Era increíble que todavía permaneciese en pie.

–Me imagino que tendrás hambre.

–¿Tengo aspecto de pasar hambre? –bromeó Kassiani

Él la miró en silencio un momento.

–Pediré que te traigan una bandeja.

–¿Tú no vas a comer nada?

–Tengo que atender unos asuntos.

Era su noche de bodas, pero no quería cenar con ella. No debería molestarla. Era la sustituta por obligación y él era el novio humillado. No debería sorprenderle que quisiera mantener las distancias.

–En ese caso, muchas gracias. ¿Puedo comer aquí fuera?

–Sí, claro. Pediré que preparen una mesa.

Kass iba a darle las gracias, pero Damen ya se había dado la vuelta y lo vio desaparecer con un nudo en la garganta.

Aquello no iba a ser fácil.

El despacho de Damen, en la cubierta del segundo piso, era similar a su dormitorio, con una pared de cristal, otra pared con estanterías llenas de libros, obras de arte de gran tamaño aquí y allá y un enorme escritorio mirando al mar.

Anhelaba el mar. Solo mirando el mar, el horizonte, podía relajarse y respirar a gusto.

Comió algo mientras estudiaba el acuerdo que había en la pantalla de su ordenador. Un acuerdo que se remontaba a tres años atrás, aunque la discusión sobre la fusión con Dukas había empezado cinco años antes, cuando Elexis todavía estaba en la universidad. Fue Kristopher quien le propuso ese matrimonio concertado, sugiriendo una fusión que los convertiría en un poderoso emporio que controlaría rutas de navegación por todo el mundo.

Damen se había sentido intrigado, pero no lo suficiente porque conocía la reputación de Kristopher Dukas, que solía hacer tratos demasiado apresurados y ambiciosos.

También él era ambicioso, pero llevaba su negocio con integridad. Sin embargo, dos años después, cuando supo que Kristopher estaba ofreciendo a su hija de nuevo a otro armador griego, viajó a San Francisco para discutir un matrimonio que podría ser beneficioso para los dos.

Damen no sentía nada por Elexis, a quien apenas conocía. Solo era un medio para lograr un fin. Y, sin embargo, cuando por fin la conoció pensó que, además de ser una buena esposa y la madre de sus herederos, podría ser un activo valioso para él. La gente se sentía atraída por Elexis y eso sería muy útil para entretener a los clientes.

Ella podría dedicarse al aspecto social y, de ese modo, él podría concentrarse en los negocios.

El amor nunca había formado parte del acuerdo porque Damen no amaba a nadie. Necesitaba a ciertas personas en su vida para conseguir cosas. Respetaba a la gente que trabajaba para él, pero no toleraba debilidades. Cuanto más beneficioso fuese alguien, más lo valoraba. Era así de sencillo.

Era frío y no tenía sentimientos, pero jamás se disculparía por ser pragmático y estratégico.

Eso lo había llevado desde los olivares de Chios al timón de la Naviera Egeo, que se convirtió en Naviera Alexopoulos cuando el anciano señor Koumantaras murió. A la familia no le había gustado, pero Damen no tenía remordimientos. Los hijos de Koumantaras no querían trabajar en el negocio familiar. Lo único que querían era vivir de los beneficios. ¿Por qué iba a importarles que la empresa cambiase de nombre?

Algún día, la Naviera Dukas también perdería el nombre y sería parte de la poderosa Naviera Alexopoulos.

Damen cerró el ordenador para mirar el oscuro cielo por la ventana.

Las luces del templo de Poseidón se apagarían a medianoche, pero solo eran las diez y seguían encendidas.

Damen tamborileó con los dedos sobre el brazo de la silla, intentando calmar su mal humor. Detestaba que Kristopher Dukas hubiese jugado con él. Había tardado muchos años en aprender a controlar su mal carácter, su ira, pero aquel día estaba poniéndolo a prueba. Aquel día quería dar rienda suelta a su cólera.

Pensó en Kassiani en el dormitorio principal y cerró los ojos, sacudiendo la cabeza.

Debería dormir en un camarote para invitados. Lejos de él para que pudiese olvidarla.

Pero estaba en su habitación, esperando que volviese.

Se le encogió el estómago.

No la deseaba. No quería ofenderla, pero no la deseaba. Ella no era la novia que le había sido prometida. Kristopher le había prometido a su mejor hija y él había creído que cumpliría su palabra. Por eso había invertido en la Naviera Dukas, en la edificación de puertos en la Costa Oeste, en la construcción de nuevos barcos, sabiendo que esa inversión estabilizaría ambos negocios en el futuro.

Pero el matrimonio sería anulado.

Y, por lo tanto, el acuerdo no tendría validez.

Ya le había enviado un correo electrónico a su abogado para que empezase el proceso de disolución de la sociedad. Ahora solo tenía que devolver a Kassiani a su padre y encargarse del papeleo legal.

Cuando terminó de cenar, Kassiani volvió al interior del lujoso dormitorio principal. Damen tendría que volver en algún momento. Y entonces estarían solos.

Allí, en el dormitorio.

Tenía que encontrar confianza en sí misma para acostarse con él porque, si el matrimonio no era consumado, Damen lo anularía y los Dukas lo perderían todo.

Ella no era la hija favorita, pero era leal a su familia y quería proteger la empresa de su padre. Había aceptado casarse con Damen para que la Naviera Dukas no fuese destruida por interminables demandas legales. Y Damen podría destruirlos. Sus demandas de restitución dejarían a la empresa en la ruina.

Como había dicho su padre esa mañana, no podía

devolverle el dinero a Damen. La boda debía tener lugar y el matrimonio debía ser consumado.

Y eso significaba que debía seducir a Damen esa noche.

Aunque no sería fácil. No solo porque era virgen, sino porque no tenía ninguna experiencia. Solo la habían besado una vez, un torpe beso tan húmedo y desagradable que no había querido volver a besar a nadie.

Comparado con ese violento asalto, el beso en la capilla había sido… emocionante. Cuando Damen le levantó la barbilla para besarla, Kass había sentido un cosquilleo de anticipación. Sus labios eran firmes y frescos y, sin embargo, ella había sentido un estremecimiento.

Temblaba de arriba abajo cuando se apartó, y se encontró deseando que el beso hubiese durado más.

Tal vez así habría sido capaz de procesar sus pensamientos y todas esas sensaciones desconocidas.

A ella le gustaban los datos, los análisis. La información era de gran ayuda y necesitaba más información.

¿Cómo iba a seducir a Damen cuando no sabía nada sobre el asunto? Por supuesto, sabía cómo era el cuerpo de un hombre porque había estudiado anatomía. Además, Internet estaba lleno de fotografías y películas.

Sabía que a los hombres les gustaba que una mujer hiciera un striptease bailando para ellos. Al parecer, eso los excitaba. Y también tener a las mujeres de rodillas, obedientes y dispuestas a complacerlos.

Kass intentó imaginarse de rodillas frente a Damen, con las manos sobre sus muslos, moviendo los dedos hacia la cremallera de su pantalón…

Esa imagen le provocó un torrente de sensaciones

desconocidas: se le erizó la piel, se le hincharon los pechos y notó un latido entre los muslos. Estaba nerviosa y excitada al mismo tiempo.

Su mundo se había puesto patas arriba.

Había ido a Atenas cinco días antes esperando acudir a la boda de su hermana, pero el día de la ceremonia su padre la despertó muy temprano para decirle que debía suplantar a Elexis y casarse con Damen Alexopoulos.

Y ella, desesperada por conseguir la aprobación de su padre, lo había hecho. Ahora, en lugar de volver a San Francisco, debía permanecer en Grecia y ser la esposa de Damen Alexopoulos, un desconocido.

Kassiani se miró en el espejo. Seguía llevando el vestido de novia de Elexis y las costuras estaban a punto de reventar. Incluso llevando el corsé, el vestido era demasiado estrecho.

Nunca había soñado con el día de su boda, pero si lo hubiera hecho no habría elegido un vestido que la hacía parecer más voluptuosa y gruesa.

No, ella habría elegido algo sencillo, una túnica de satén con un hombro al descubierto para disimular su amplio busto. Sin capas y capas de tela, sin ese escote y sin pedrería.

Kassiani pasó los dedos por sus curvas. Sus pechos eran más que voluptuosos. Siempre había odiado sus anchas caderas, sus muslos y su estómago redondeado, como si practicase la danza del vientre a menudo en lugar de pasar horas corriendo en la cinta, paseando o haciendo ejercicio para parecerse a su hermana y a su madre.

Pero ella nunca sería delgada. Su aspecto era el que era y, aunque su marido estuviese decepcionado, tenía que demostrarle que pensaba ser una buena esposa, que era capaz de serlo.

Encontraría la forma de satisfacerlo.

¿Pero cómo?

¿Y si no conseguía excitarlo?

Kass sacó el móvil del bolso y, mientras intentaba quitarse el vestido, la faja y el corsé, tecleó en el buscador *Cómo excitar a los hombres*. Encontró varias páginas que ofrecían consejos sobre cómo complacer a un hombre en la cama. Desde *Doce zonas erógenas que no deberían ser ignoradas* al más práctico y útil artículo: *Cinco trucos para el mejor sexo oral de tu vida*.

Desnuda, se dirigió al cuarto de baño y, con cuidado para no mojarse el pelo, aún sujeto sobre la cabeza en un elaborado recogido, intentó quitarse las marcas del corsé, que no parecían dispuestas a desaparecer por mucho que frotase.

Después de ducharse se puso un albornoz blanco que colgaba de la puerta, se sentó en el borde de la bañera y empezó a leer todo lo que pudo sobre cómo complacer a un hombre.

Seguía leyendo cuando oyó un golpecito en la puerta del baño y se levantó de un salto para abrir, cerrando las solapas del albornoz con una mano.

—Me he puesto tu albornoz, espero que no te importe. Es que no he traído ropa.

Damen asintió con la cabeza.

—Kassiani… esto no va a funcionar. Le pediré a un auxiliar que busque algo de ropa y luego te llevaré de vuelta a la villa de Sunión.

Ella tragó saliva.

—¿Tan decepcionado estás?

—No, no es eso.

–Entonces, ¿por qué me despides sin darme una oportunidad?

–Porque estaba comprometido con Elexis, no contigo.

–Pero Elexis se ha ido y yo estoy aquí.

–¡Las hermanas Dukas no son intercambiables!

–¿Porque no soy guapa como ella?

–Porque no eres dura como ella –Damen pronunció esas palabras con tal ferocidad que Kass dio un respingo–. Yo quería una esposa que no sintiera nada, una mujer a la que no pudiese hacer daño. No te conozco bien, Petra Kassiani, pero el instinto me dice que tú sientes profundamente.

Kass sintió que le ardía la cara de vergüenza porque tenía razón. Sentía profundamente, pero odiaba ese aspecto de su personalidad porque ella prefería el intelecto a las emociones.

–Entiendo qué clase de matrimonio quieres. No espero romance, ni flores, ni poesías…

–¿Ni ternura, ni amabilidad, ni paciencia?

–No creo que tú seas capaz de todo eso.

–Pues lo soy, te lo aseguro.

–Ibas a casarte con Elexis para salvar la Naviera Dukas.

–Iba a casarme con Elexis para desmantelar la Naviera Dukas.

Kass lo miró con los ojos muy abiertos.

–No te creo.

–Si te quedas, si te conviertes en mi esposa de verdad y el acuerdo se mantiene, no habrá Naviera Dukas en cinco años. Será la Naviera Alexopoulos.

Ella lo miró, escéptica, pero recelosa.

–¿Esa es tu forma de decir que debo volver con mi padre?

—Yo no soy nada para ti, Kassiani. Y tú no eres nada para mí.

—Me he casado contigo. Eres mi marido.

—Pero no me conoces. No me debes lealtad alguna.

—Prometí cuidar de ti y ser una buena esposa y pienso cumplir esa promesa.

—¿Aunque quiera destruir el negocio de tu padre?

Ella se tomó unos segundos antes de responder:

—Desde el principio esto era una fusión entre dos familias y dos negocios. El más poderoso siempre gana en las fusiones y tú eres el socio más fuerte, así que el cambio era inevitable.

Suspirando, Damen dio media vuelta para salir a la cubierta y Kass lo vio pasarse una mano por la cara una y otra vez. Estaba luchando consigo mismo, pensó.

No sabía contra qué luchaba, pero fuera lo que fuera, estaba de su lado. Tenía que ser así porque se habían casado y quería una nueva vida. Una vida diferente.

Quería ser una Alexopoulos, no una Dukas, pero, si no tenía cuidado, él la devolvería a tierra, con su padre, y eso era lo último que quería hacer.

Decidida, Kass salió a la cubierta. Las nubes ocultaban la luna y no podía ver el rostro de Damen, pero sus hombros estaban rígidos y, aun de espaldas, parecía inalcanzable.

—Damen…

—Vuelve dentro, Kassiani. No puedo pensar con claridad si estás a mi lado.

—Tal vez eso sea bueno.

—No, no lo es.

Había empezado a refrescar y el viento movía su pelo y las solapas del albornoz.

—Por favor, dame una oportunidad.

–No me supliques, Kassiani.

–Dame una oportunidad, eso es todo lo que pido.

–¿Por qué?

–Quiero otra vida, una vida alejada de mi familia.

–Conmigo no tendrás una familia feliz.

–No estoy pidiendo un cuento de hadas. No soy guapa ni popular como mi hermana y salir con hombres es una pesadilla para mí. Sé que ibas a casarte con mi hermana porque quieres tener herederos. Evidentemente, ella no está dispuesta a ser madre, pero yo sí. Dame una oportunidad para demostrarte que puedo ser una buena esposa, que puedo complacerte. Si no puedo, si no tienes interés a pesar de mis esfuerzos, entonces volveré a casa. Pero no puedo aceptar un rechazo antes de haber tenido la oportunidad de demostrarme a mí misma…

–Tu padre me ha manipulado –la interrumpió él.

–Pero has conseguido lo que querías: el trato, los puertos, los barcos, los acuerdos, todo salvo a Elexis. Si no la amas, ¿por qué no puedo ser yo su sustituta? ¿Por qué no puedo ser la madre de tus hijos? ¿Es porque no soy guapa?

–No es eso.

–No te creo, pero da igual. Yo sé cómo soy y…

–¡Déjalo! –Damen la tomó del brazo–. Esto es una locura, Kassiani. Yo nunca tomaría a una mujer contra su voluntad y tú te has visto forzada a este matrimonio para salvarle el cuello a tu padre.

–Este matrimonio me salva a mí –replicó ella, con la voz quebrada–. Odio vivir en la casa de Nob Hill. Nunca ha sido mi sitio y sé muy bien qué piensa mi familia de mí. Soy la fea, la que les abochorna y a la que han decidido dejar atrás. Casarme contigo me permite escapar de todo eso, Damen. Tú me ofreces una nueva vida, un futuro.

—Serías más feliz sin mí.

Kass vaciló, con un nudo en la garganta.

—Sé que no te resulta fácil mirarme…

—¡Por el amor de Dios, no digas esas cosas! Tú no eres tu hermana, pero no eres fea en absoluto —Damen la soltó y dejó caer las manos a los costados—. No vuelvas a decir eso porque es mentira y tú eres demasiado inteligente como para creerlo.

—¿Podrías hacerme el amor?

—Kassiani…

—¿No puedes imaginarlo siquiera?

—Esa no es la cuestión.

—Pero es que lo es. Si soy capaz de complacerte y demostrar que puedo ser una buena esposa, tal vez este matrimonio tendría futuro —insistió ella, levantando la barbilla en un gesto de desafío—. Sé que te gusta hacer tratos, Damen. ¿Por qué no hacer este trato conmigo?

—Es un trato espantoso.

—¿Porque si pierdes estarás atrapado?

—No, porque si tú pierdes estarás todo el día llorando y yo me sentiré como… ¿cuál es la palabra en tu idioma? ¿Un ogro? ¿Una bestia?

—Un idiota.

—Un idiota —repitió él.

—Pero yo no voy a llorar y tú no tendrás que sentirte como un idiota si me das una oportunidad. Sé que no me deseas, pero la historia está repleta de matrimonios acordados y muchos de ellos acabaron siendo relaciones beneficiosas para ambas personas. ¿Por qué no puede ser así para nosotros?

—¿Y cómo sabremos quién ha ganado?

–Si consumamos el matrimonio esta noche, yo gano. Si no lo hacemos, ganas tú y volveré a tierra con mi padre.

Damen dejó escapar un suspiro mientras se pasaba una mano por el pelo.

–¿Tienes un plan, cariño?

–Así es –respondió Kass–. Voy a seducirte.

Capítulo 3

NO HABÍA ido al dormitorio para hacer el amor con su esposa, sino para enviarla de vuelta a casa. Y, sin embargo, ella estaba decidida a luchar por ese matrimonio.

Era tan diferente de Elexis, que no se había molestado en aparecer en la ceremonia. Tan diferente de Elexis, que no era capaz de mantener una simple conversación. Kassiani, en cambio, era interesante, inteligente, elocuente.

Habría sido una buena abogada y sería asombrosa en una sala de juntas. Tal vez por eso estaba allí, sentado en uno de los sillones del dormitorio, diciéndole que se quitase las horquillas del pelo y sacudiese la melena.

Debía admitir que estaba intrigado.

El siguiente paso fue un torpe, pero ferviente baile frente a él. Seguía llevando el albornoz, pero de vez en cuando las solapas se abrían, revelando la pálida curva de un generoso pecho, una rodilla o un muslo. Estaba seguro de que era la primera vez que lo hacía, tal vez por eso el baile era tan seductor.

Hasta ese momento no se había permitido pensar en ella como mujer, pero mientras bailaba con los ojos cerrados, moviendo sensualmente las caderas, levantando los brazos sobre la cabeza, Damen no podía apartar la mirada.

No había pensado que la encontraría excitante y, sin embargo, estaba excitado. Cada vez más mientras bailaba, usando su cuerpo para tentarlo.

La miraba con los ojos entornados, encendido, pero intentando disimular. Había querido despedirse de ella. Había ido a la habitación para decirle adiós y, sin embargo, allí estaba, mirándola mientras bailaba como si le fuese la vida en ello.

Como si fuera un sultán y ella una integrante de su harem. Ese pensamiento perverso lo excitó. Solo podía sentir a través del sexo. Sexo duro, carnal. Sexo cargado de poder.

No siempre había sido así. Una vez había sido... normal. Había tenido sentimientos, ternura. Pero le habían robado todo eso cuando era adolescente, junto con su orgullo, dejando solo fracaso y vergüenza.

Por eso quería casarse con Elexis, porque era dura y él no la rompería. Pero Kassiani... Kassiani era diferente.

Sobre todo ahora, mientras iba inclinándose poco a poco hasta ponerse de rodillas ante él, con las manos sobre sus muslos y la cabeza echada hacia atrás para mirarlo.

Damen no sabía qué había visto en su expresión, pero fuese lo que fuese pareció animarla porque empezó a pasar las manos por sus cuádriceps, rozando el interior de sus muslos. Su miembro empujaba contra la tela del pantalón y temía estar a punto de explotar en cualquier momento. Su virginal esposa no estaba actuando de modo virginal en ese momento.

Hacía mucho tiempo que no estaba tan excitado.

Hacía mucho tiempo que no sentía ese calor extendiéndose por su torso y su vientre, pero esa noche, mientras ella deslizaba las manos hacia la cremallera del pantalón, todo su cuerpo estaba ardiendo.

Tuvo que esforzarse para no emitir ningún sonido mientras, fascinado, la veía bajar la cremallera y meter la mano bajo los calzoncillos para sacar su miembro, grueso, largo y palpitante en su delicada y cálida mano.

Quería decirle que lo envolviese con los dedos. Quería decirle cómo tocarlo, con firmeza, desde la base hasta el glande. Quería… lo que quería. Y, sin embargo, también sentía curiosidad por saber qué haría y cómo pensaba satisfacerlo.

Damen tuvo que contener un gemido al ver que sacaba la punta de la lengua y lamía la cabeza como si fuese un caramelo o un cono de helado.

Tuvo que hacer un esfuerzo para no levantar las caderas. Quería estar en su boca, quería sentir la presión de su mano y la humedad y el calor de sus labios.

Kassiani no parecía saber cuál era el siguiente paso, pero lo encendía verla lamiendo y chupando. Se esforzaba tanto por darle placer, se aplicaba tan apasionadamente a la tarea que cada roce de su lengua en el hinchado glande lo hacía contener un suspiro. O era una actriz espléndida o de verdad disfrutaba de lo que estaba haciendo.

Ni siquiera se había preguntado si Kassiani lo deseaba y verla chupándolo de ese modo hacía que estuviese a punto de explotar.

Esos no eran los pensamientos de un marido considerado, pero él nunca lo sería porque no era un hombre considerado. Era demasiado amargado, demasiado ambicioso. Había salido de la nada, de unos olivares y una casucha de piedra… y hasta eso le habían quitado aquellos que creían que el dinero los colocaba por encima de los demás, que el dinero les daba derecho a abusar de los otros.

Por eso había trabajado tanto durante toda su vida, para distanciarse de la víctima que había sido.

Después de haber tocado fondo, Damen sabía que nunca volvería a ser tan débil.

Solo le interesaban el poder y la dominación. Ese era su único objetivo.

Quería formar una familia para demostrar que había superado su oscuro pasado. Sus hijos vivirían cómodamente, protegidos. Irían a los mejores colegios y nunca serían explotados. Pero necesitaba una esposa que los quisiera porque él no era capaz de querer a nadie. No había sitio para las emociones en su vida, como no había sitio para el romance.

Consumar el matrimonio con Kassiani cimentaría el acuerdo. En cuanto se llevase su virginidad, no habría vuelta atrás. Si la hacía suya no podría haber anulación.

¿Quería hacerla suya?

Damen la estudió con los ojos entornados, con su erección latiendo en la delicada mano femenina y el húmedo glande en su boca.

Aunque era la novia equivocada, ese matrimonio le daba todo lo que había querido: los puertos de la Costa Oeste de Estados Unidos, los barcos de Dukas, los acuerdos comerciales.

En parte, quería castigar a la familia Dukas por haber jugado con él, pero eso sería escupirse en la cara. Kassiani podría ser tan buena esposa como lo hubiera sido Elexis. Tal vez incluso mejor porque sus hijos necesitarían una madre cariñosa que luchase por ellos.

Necesitarían que al menos uno de los progenitores tuviese corazón.

Debería llevarla a la cama y hacerla suya inmediatamente. Nunca le había hecho el amor a una mujer. A él le gustaba el sexo duro, pero tendría que controlarse con Kassiani. El sexo, el coito, era un alivio, pero para él no había mucho más en el dormitorio, aparte de odio.

Nunca se lo había dicho a nadie, pero apenas era capaz de soportar que lo tocasen porque siempre era una lucha, una batalla, no recordar el pasado. No dejar que los recuerdos lo envolviesen.

Por eso había tenido amantes, nunca novias. Por eso había querido un matrimonio de conveniencia. Era algo limpio, sin exigencias. No habría afecto, ni emociones ni demandas.

Él evitaba los sentimientos a toda costa y no recordaba la última vez que había experimentado ternura por otra persona.

Y, sin embargo, mientras miraba la oscura cabeza de Kassiani moviéndose arriba y abajo sobre su rígido miembro, se sentía extrañamente afectado.

Se le ocurrió que no se la merecía, que ella no debería ser el cordero sacrificial. Elexis era mucho mejor para él. Consumar el matrimonio con ella hubiera sido mucho más fácil porque lo habría hecho sin sentir remordimientos.

Esa noche, aunque consiguiese no hacerle daño al tomar su virginidad, le haría daño de otro modo. Damen sabía que no había sido bien tratada por su familia y se había casado con un hombre que no la trataría mucho mejor. Y, además, se sentiría agradecida por las migajas que le tirase.

Ese pensamiento lo dejó horrorizado.

Kassiani se merecía algo más. Pertenecía a la familia Dukas, pero no era frívola e irresponsable como sus parientes.

Ella levantó la cabeza entonces y sus ojos se encontraron. Ver cómo envolvía el glande con los labios era excitante, sucio y sexy al mismo tiempo.

No debería haber permitido que su virginal esposa se pusiera de rodillas ante él. No debería haber dejado que lo metiese en su boca cuando aún estaba intentando decidir si quería quedarse con ella o no.

Era un imbécil. Un ser egoísta, despiadado y frío.

Y estaba desesperadamente excitado, algo inusual en él.

–No tienes que hacer eso –dijo con voz ronca, rozando su cara con el pulgar.

Su piel era muy suave, cálida. Se preguntó si sería tan cálida entre los muslos, si estaría húmeda.

–¿Por qué no? –preguntó ella–. ¿Lo estoy haciendo mal?

No ayudó nada que después de la pregunta siguiese lamiéndolo. Damen cerró los ojos, sintiendo el roce de su lengua desde la base del pene a los testículos, que se encogían de placer.

–Lo estás haciendo muy bien –murmuró, con los dientes apretados.

Ella esbozó una sonrisa antes de seguir chupándolo y Damen tragó saliva.

Nunca había visto nada tan erótico. Su voluptuosa sirena, su novia suplantada.

–Quiero que termines –susurró Kass–. Pero, evidentemente, hay algo que no hago bien porque no lo haces.

–No lo hago porque estoy conteniéndome.

Ella levantó la cara para mirarlo con gesto sorprendido.

—¿Puedes hacer eso?

—Puedo hacer muchas cosas.

Su expresión curiosa le parecía increíblemente sensual. Le recordaba a una cortesana más que a una virgen.

—Enséñame —le dijo, poniendo las manos en la parte interior de sus muslos, con la punta de los dedos en la base de su miembro.

Damen apretó los dientes, intentando respirar con normalidad. No sabía por qué quería poner a prueba su autocontrol. Kassiani tenía trece años menos que él, pero en ese momento era ella quien parecía tener todo el poder y la experiencia.

—¿Que te enseñe qué, *gataki*?

—Cómo hacerlo. Cómo hacer que te guste tanto que no puedas contenerte.

—Creo que, para ser primeriza, lo estás haciendo bien.

—«Bien» es una palabra que no me gusta. Indica mediocridad y yo odio la mediocridad.

Damen tomó su cara entre las manos y la besó apasionadamente, reclamando su boca como debería haber hecho desde el principio. Ella se quedó inmóvil durante un segundo y luego abrió los labios.

Y Damen dejó de vacilar porque en ese momento, cuando abrió los labios, entregándose a él, supo que la haría suya. No habría vuelta atrás.

Tomó su boca como pensaba tomarla a ella, rozando la comisura de sus labios antes de hundir la lengua una y otra vez con una presión similar a la que haría con otra parte de su cuerpo.

Jadeando, ella agarró sus manos, pero no para apartarlo, sino al contrario, para empujarlo hacia ella.

La sangre rugía en sus oídos, palpitaba en sus venas, y sintió que su miembro se sacudía, grueso y pesado de deseo.

La tomó en brazos para llevarla a la cama y la tumbó de espaldas para admirarla. El albornoz se había abierto un poco, revelando su pálida piel, sus abundantes pechos y la curva de su estómago. Sin decir nada, Damen desató el cinturón y apartó la tela, desnudándola ante su mirada.

Tenía figura de guitarra, pensó. Pechos grandes con pezones de color rosa oscuro y generosas caderas que lo abrazarían perfectamente.

Había esperado ver un triángulo de rizos oscuros entre sus piernas, pero no tenía vello y verla tan pelada, tan desnuda, puso a prueba su control.

Debía ir despacio, pensó. Kassiani no tenía experiencia y no quería hacerle daño.

–*Eisai axiagápitos* –murmuró, diciéndole lo preciosa que era. El rosa oscuro de los pezones contrastaba con su piel de alabastro, encendiéndolo tanto como la desnudez entre sus muslos.

Damen se inclinó hacia delante para trazar una aréola con la lengua, cerrando los labios sobre un duro pezón para chuparlo como lo había chupado ella.

Kassiani gimió, levantando las caderas mientras se agarraba al colchón con dedos rígidos.

Satisfecho, Damen siguió acariciándola con la lengua, besando la satinada piel de entre sus pechos y luego más abajo, en el tembloroso vientre. Cada beso era recompensado con un ronco gemido de placer y eso lo excitaba más.

Metió una rodilla entre sus muslos, abriéndola ante sus ojos, bebiéndose sus femeninas curvas y secretas sombras.

Inclinó la cabeza para rozar con los labios la parte interior de los cremosos muslos y ella se movió, inquieta, mientras hacía perezosos círculos con la punta de la lengua.

Olía a algo dulce, como miel al sol. Quería poseerla, pero estaba decidido a hacerla esperar, la quería totalmente excitada y húmeda antes de entrar en ella.

Kassiani se revolvió cuando besó su monte de Venus, directamente sobre los labios. Gimió de nuevo de placer y de sorpresa mientras él la calentaba con su aliento.

—Tan suave, tan tersa —murmuró, acariciando los carnosos labios externos con la punta de los dedos—. Te has hecho la cera.

Ella tragó saliva.

—Me habían dicho que lo preferirías así.

—¿Quién te lo ha dicho?

Kassiani sacudió la cabeza, incapaz de pronunciar palabra mientras él seguía acariciándola arriba y abajo con la punta de los dedos. Le temblaban los muslos, todo su cuerpo temblaba, con sus pechos subiendo y bajando y sus pezones duros y levantados.

—¿Te habías hecho la cera alguna vez? —le preguntó Damen, metiendo la lengua entre esos suaves y tersos labios vaginales. Ella dio un respingo y levantó una mano para agarrar su pelo, como si no supiera qué hacer—. Kassiani, ¿te la habías hecho alguna vez? —insistió, trazando los pliegues con los dedos y descubriendo que estaba empapada.

Ella levantó las caderas cuando rozó los sedosos labios menores. Sabía a miel ardiente y dulce.

–No… nunca –respondió por fin, jadeando mientras él deslizaba un dedo arriba y abajo, evitando el empapado centro.

–¿Te gusta así? –le preguntó él–. ¿Tan tersa y suave?

–Es… diferente…

Kassiani dejó escapar un gemido cuando empezó a chupar su clítoris, penetrándola a la vez con los dedos. Movía las caderas arriba y abajo, enfebrecida, mientras jugaba con ella y, por fin, gritó cuando llegó al orgasmo. Damen le dio un momento para calmarse antes de separar sus rodillas y enterrarse en ella, haciéndola suya para siempre.

Kass sintió algo más que un pellizco cuando entró en ella. Era un dolor agudo, pero cuando por fin pudo relajarse experimentó una sensación de plenitud.

Le encantaba sentirlo sobre ella. Le encantaban sus embestidas y estaba electrificada de la cabeza a los pies. Cerrando los ojos, se entregó a esa sensación tan agradable. Aún recordaba las perversas caricias de su boca. Era algo que no había experimentado nunca. Sus labios, su lengua y su aliento habían creado tantas sensaciones diferentes… cada una más excitante que la anterior.

Esa noche había sido la más increíble de su vida y nunca la olvidaría. ¿Cómo iba a olvidarla cuando Damen estaba haciendo que su cuerpo se iluminase como un árbol de Navidad?

Cada embestida tocaba un punto sensible dentro de ella y se arqueó para recibirlo, ardiendo, sintiéndose increíblemente viva.

Iba a terminar de nuevo, pensó, sintiendo un placer tan intenso que era casi doloroso. Cuando no pudo aguantar más, se rompió de nuevo y el orgasmo le provocó una oleada de sensaciones nuevas y enloquecedoras.

Dos orgasmos en su noche de bodas. Asombroso.

Y entonces él se quedó inmóvil, hundiéndose profundamente dentro de ella, y Kass se dio cuenta de que también había llegado al orgasmo.

Unos segundos después se apartó de ella, pero dejando un brazo sobre su cintura.

Kass experimentó una extraña sensación de paz. No había estado segura sobre esa noche, pero todo había sido tan maravilloso que, por una vez en la vida, se sentía perfecta.

Intentó abrir los ojos, pero estaba exhausta y se quedó dormida con la cabeza apoyada en el torso de Damen y sus piernas enredadas.

Más tarde, sintió que la cama se movía. Damen se levantó, intentando no despertarla, y lo oyó salir de la habitación. Solo entonces abrió los ojos para ver el dormitorio iluminado por la luz de la luna.

No sabía si Damen se había ido para no volver. No sabía dónde había ido o por qué.

Adormilada, intentó entender sus sentimientos. Habían pasado tantas cosas aquel día. El anuncio de su padre de que debía ocupar el sitio de Elexis, su sorpresa y su inicial rechazo hasta que pensó que casarse con Damen podría ser bueno para ella porque de ese modo dispondría de oportunidades que no tendría nunca atrapada en la mansión de los Dukas en San Francisco.

Y, cuando por fin aceptó, las alteraciones del vestido de novia, los preparativos, los masajes, la dolorosa cera, la sesión de peluquería. Y la ceremonia. La ira de Damen al descubrir que no era Elexis, el banquete al que no habían acudido, la escapada en la lancha motora, la llegada al yate.

Y luego, por fin, Damen haciéndola suya.

Le dolía todo el cuerpo, pero era un dolor casi agradable. Se sentía relajada, lánguida. Hacer el amor con Damen no había sido como ella se había imaginado. No era solo sexo, sino algo más grande, algo más… importante.

No podría explicar cómo o por qué, pero tenía la intuición de que Damen también lo había sentido.

Capítulo 4

DAMEN entró en su despacho para encargarse de los detalles que necesitaban su atención; detalles como enviar a un empleado a buscar las cosas de Kassiani a la villa y cambiar los planes de viaje porque no quería hacer el recorrido que había planeado para su luna de miel con Elexis.

Elexis necesitaba gente y actividad, de modo que había pensado echar el ancla en la isla de Mykonos para que disfrutase de los famosos bares, los cafés, las discotecas y las tiendas antes de ir a Santorini para hacer lo mismo.

Damen no conocía bien a su flamante esposa, pero estaba seguro de que Kassiani no querría ir a sitios abarrotados de gente.

Discutió el cambio de itinerario con el capitán del yate y después salió a la cubierta. Necesitaba aire fresco para aclararse las ideas.

Era asombroso que su cuerpo siguiera palpitando de deseo. Normalmente, después del sexo estaba saciado. Tras una larga noche de juegos sexuales, lo único que quería de una amante era decirle adiós, pero en ese momento seguía anhelando a su tímida e inocente esposa... que no parecía tan tímida en la cama.

No debería desear tanto a Kassiani. No debería querer volver a la cama con ella. Y, sin embargo, quería hacerlo, quería su calor, su voluptuoso cuerpo. Estaba impaciente por descubrir todos sus misterios.

Frustrado, volvió al camarote y, después de darse una ducha fría, se tumbó en la cama.

Se negaba a seguir pensando en ella. Aquello no era normal y no quería perder el control. Kassiani solo era una pequeña parte de su mundo, eso era lo que debía recordar.

El ruido del motor del yate despertó a Kassiani, que abrió los ojos y miró a su alrededor, medio adormilada. Se hallaba sola en la cama y el lado de Damen estaba frío.

¿No había vuelto al dormitorio?

El cielo era de un tono morado y aún podía ver algunas estrellas, pero el yate se había puesto en marcha.

Tomó su móvil para comprobar la hora, pero no había llevado el cargador y estaba apagado, de modo que se quedó inmóvil durante unos minutos, pensando en Damen y en lo que había pasado por la noche.

Mientras disfrutaba del suave movimiento del barco y de los fantásticos recuerdos de la noche anterior se quedó dormida de nuevo. Cuando se despertó, el sol estaba alto en el cielo y sus maletas se hallaban frente a la puerta. Había una bandeja de desayuno en una mesita y una bata rosa a los pies de la cama. Era una especie de kimono suave y ligero que abrazaba sus curvas, de un color rosa pálido con estampado de peonías y delicados pájaros. Pero, cuando se abrochó el cinturón, su cintura parecía más ancha y sus curvas exageradamente exuberantes.

De verdad odiaba su cuerpo.

A Damen no había parecido importarle la noche anterior, pero después se había ido para no volver.

¿Y qué decía eso?

Mientras se sentaba en la cama con la bandeja experimentó una oleada de inseguridad.

¿Qué habría pensado Damen de su noche de bodas? ¿Estaría decepcionado o habría sido capaz de satisfacerlo?

Pensativa, tomó la cafetera y llenó la taza. El café estaba caliente, de modo que acababan de llevar el desayuno. Se preguntó si lo habría llevado el propio Damen... pero no, seguro que no.

Tomó un trago de café y esbozó una sonrisa. Solo, fuerte, perfecto. Todo era perfecto. Damen era perfecto y la noche anterior había sido... más que eso. No había razones para preocuparse. Todo era nuevo y diferente para ella, pero intentó calmar su ansiedad. Preocupándose no conseguiría nada, de modo que tomó una *bougatsa* rellena de crema e intentó decidir cómo iba a pasar su primer día como la señora de Damen Alexopoulos.

Damen tenía trabajo suficiente como para pasar todo el día frente a su escritorio sin preocuparse por su reciente esposa.

Habían sobrevivido a la boda. Habían consumado el matrimonio y estarían juntos una semana navegando por el Egeo. ¿Por qué iba a preocuparse? Kassiani tenía todo el yate a su disposición para entretenerse.

Pero su mujer no era lo que había esperado y no había podido conciliar el sueño. Su cuerpo no parecía su cuerpo. Sus sentidos seguían agitados. Estaba alerta, excitado.

No entendía por qué. Normalmente, no sentía tanto en la cama. El sexo era un ejercicio, una liberación, pero Kassiani había hecho que todo fuese… nuevo.

Nuevo, fascinante e increíblemente excitante. Mejor que el sexo con sus expertas amantes.

El sexo ardiente, duro, carnal, normalmente no era un problema para él, pero tenía reglas y límites. El sexo se quedaba en el dormitorio y no se inmiscuía en el resto de su vida. Y, sin embargo, esa noche, después de irse del dormitorio, no podía dejar de pensar en ella.

La deseaba y no conseguía relajarse. Quería volver al dormitorio y despertarla con la boca y con los dedos. Quería oírla suspirar y gemir mientras se deshacía entre sus brazos. Quería verla arqueándose, sentir sus pechos aplastándose contra su torso, hundirse en ella, tan húmeda y dispuesta para sus embestidas.

Había tenido que masturbarse dos veces en el camarote, excitado como un adolescente e incapaz de calmarse.

Se sentía desorientado, distraído.

Los recuerdos lo abrumaban. Recuerdos de los olivares, recuerdos del chico que había sido, tan feliz, tan querido antes de convertirse en lo que era.

Damen golpeó la puerta con la mano, intentando apartar esos recuerdos y suprimir las emociones.

Se negaba a pensar en ello. Se negaba a dejarse atrapar por el pasado. Y si Kassiani estaba despertando el pasado, lo mejor sería recuperar el control de la relación para no liberar al monstruo.

Al final, fue un día decepcionante para una recién casada.

Kassiani había intentado mantenerse ocupada nadando en la piscina y tomando el sol en cubierta. Había dormido la siesta, había disfrutado en el spa del yate y había visto una película en la sala de cine, con comidas, cenas y aperitivos servidos por el atento personal de a bordo.

Se había mantenido ocupada, pero mientras se cambiaba de ropa sin haber visto a su marido en todo el día no podía dejar de sentirse profundamente decepcionada. Incluso traicionada.

Apagó la luz y se sentó a los pies de la cama, en la oscuridad. La noche anterior, cuando se quedó dormida a su lado, se había sentido segura. No tenía el menor remordimiento, solo alivio y sorpresa… tal vez incluso felicidad.

Hacer el amor con él había sido un descubrimiento.

No había esperado sentirse tan bien entre sus brazos, ni disfrutar tanto al tenerlo dentro de ella, llenándola.

Pero ahora, en la penumbra de la habitación, no se sentía tan calmada o tan feliz. De hecho, no se sentía calmada en absoluto, sino inquieta y preocupada.

La noche anterior había sido tan íntima… Habían explorado sus cuerpos y se habían dado tanto placer… Y, sin embargo, Damen se había alejado de ella. No sabía si era intencionado o no, pero aquel día la había dejado fuera por completo, como si no existiera.

Se abrazó las rodillas y suspiró, porque estaba segura de que ese alejamiento era intencionado. Damen Alexopoulos era un hombre que no dejaba nada al azar. Si no lo había visto era porque no quería verla. Y eso no era fácil estando en un yate, en medio del mar.

Que no se hubiera molestado en buscarla para hablar

con ella, o al menos preguntarle si estaba bien, era una forma de decirle cuál era su sitio. Y su sitio no estaba a su lado.

Era deprimente, aunque debería habérselo imaginado. Después de esa intimidad era de esperar que Damen quisiera recuperar el control y el poder porque para los hombres griegos eso era lo único importante.

Damen estaba haciéndole saber que, aunque era su esposa, no estaban en situación de igualdad.

No iría a buscarla esa noche, pensó Damen. Él decidiría la rutina a partir de aquel momento, el patrón de cada encuentro. Cuanto antes entendiese que él llevaba el control, mejor.

Pero, tumbado en el camarote que ocupaba desde que su dormitorio se había convertido en el de Kassiani, Damen no podía relajarse porque se excitaba en cuanto pensaba en ella.

La noche anterior había sido tan… sorprendente. Se encendía al recordar sus gemidos y suspiros. Quería volver al dormitorio para tomarla de nuevo y estaba seguro de que ella no lo rechazaría.

No, Kassiani lo recibiría con los brazos abiertos, lista para él. Y cuánto le gustaría enterrarse en el aterciopelado y húmedo calor entre sus piernas.

Pero no iría a buscarla cada vez que necesitase alivio porque entonces pensaría que la deseaba a ella, no el sexo con ella. Se imaginaría, como hacían las mujeres, que aquello era más que un matrimonio de conveniencia e intentaría compartir cosas con él, pensamientos, sentimientos. Esperaría que él la correspondiese y eso no iba a pasar.

Nunca. Mejor decepcionarla ahora que arriesgarse a soportar dramas más adelante.

Al día siguiente, Kass se había duchado y había terminado de vestirse cuando oyó un golpecito en la puerta. Un miembro de la tripulación estaba en el pasillo.

—Hemos echado el ancla y el señor Alexopoulos la espera en cubierta. Ha sugerido que lleve un jersey… —el hombre miró sus pies—. Y también que se ponga unos zapatos cómodos, pero creo que va bien con esas sandalias. ¿Quiere que la espere?

—Ya estoy lista —respondió ella—. No, espere un momento, voy a buscar un jersey.

Kass se moría de curiosidad. Tenía la sensación de que habían aminorado la marcha, pero no sabía que hubieran echado el ancla.

—¿Dónde vamos? —le preguntó al miembro de la tripulación mientras lo seguía por la escalera.

—A Paros —respondió el hombre.

—¿Paros? No lo conozco.

Damen la esperaba en cubierta y, al verlo, tan alto, atlético y devastadoramente atractivo con un polo negro y un pantalón corto de color caqui, se le encogió el estómago.

Era demasiado guapo y ella se sentía más gorda cuando estaba a su lado.

—Vamos a desayunar en tierra —anunció.

—Ah, muy bien, estoy deseando tomar un café —dijo ella.

Damen tomó su mano para ayudarla a subir a la lancha y el roce le provocó una especie de descarga que la ruborizó de la cabeza a los pies. Pero tenía que disimular, no podía portarse como una virgen porque ya no lo era, se dijo.

–Pasaremos la mañana en Paros, una de mis islas favoritas –le contó él–. La mayoría de los turistas no la conocen, aunque solo está a unas horas de Atenas. Desayunaremos en Naousa, el pueblo de pescadores que tienes ahí delante, y luego iremos a explorar la isla.

Kass no podía dejar de mirar sus musculosas piernas y su piel bronceada. Le había parecido impresionante durante la boda, pero aquel atuendo informal le provocaba pensamientos perversos, carnales... se lo imaginaba desnudándola en la cama, haciéndole cosas maravillosas.

Él volvió a tomar su mano cuando llegaron al muelle y no la soltó mientras recorrían las estrechas calles con casitas pintadas de blanco, tiestos en las ventanas y buganvillas sobre las puertas.

Subieron por una cuesta empedrada hasta un edificio algo apartado. Era un restaurante y el camarero se acercó para saludarlos y llevarlos a la terraza, con vistas al mar.

–Ha sido un largo paseo –dijo Kass mientras se sentaban.

–Aquí todo es cuesta arriba, pero el paisaje y la comida merecen la pena.

El camarero les ofreció las opciones del menú en griego y Kassiani, que había entendido casi todo, pidió café, zumo de naranja y una tortilla.

Mientras esperaban, se dedicó a mirar a su alrededor. En la terraza había tiestos con flores, un pequeño grupo de árboles, media docena de mesas de madera y sillas pintadas del color azul turquesa del mar.

Oía voces en el interior del restaurante, pero ellos parecían ser los únicos clientes.

–¿Por qué no hay nadie más? –le preguntó.

–Porque he reservado la terraza.

–¿Por qué?

Damen se encogió de hombros.

–No quería arriesgarme a que escuchasen nuestra conversación.

–¿Temes que nos peleemos?

Él la miró con un gesto de perplejidad.

–¿Por qué íbamos a pelearnos?

Kassiani tomó un sorbo de zumo y esbozó una sonrisa.

–Nunca había probado un zumo tan rico.

–Seguramente es de naranjas de Laconia o de Argos. Son las mejores de la zona.

Ella asintió con la cabeza.

–Damen... ¿estás enfadado conmigo? Por eso te fuiste de la habitación, ¿no?

–No estoy enfadado, es que estoy acostumbrado a tener mi espacio. Pensé que nos vendría bien a los dos.

–Yo también soy muy independiente, pero ayer me preocupé un poco. Pensé que mi inexperiencia te había decepcionado.

–No, no es eso.

–Ayer no te vi en todo el día y... en fin, pensé que había hecho algo mal.

Damen se encogió de hombros.

–No sé cómo convencerte de que no me decepcionaste. Disfruté de nuestra noche de bodas y espero que tú disfrutases también.

La emoción que podría haber sentido ella al escuchar

esas palabras quedó enturbiada por su fría expresión. La pasión de la noche de bodas había desaparecido.

Sin embargo, cuando se terminó el zumo, Damen levantó una mano para pedir otro al camarero y Kassiani pensó que era interesante que estuviese pendiente de sus necesidades.

¿Se imaginaba que así era como se portaba un buen marido?

—He sido soltero durante treinta y seis años y estoy acostumbrado a mi rutina, a hacer las cosas a mi manera —le dijo, cuando el camarero se alejó.

—Ya, claro.

—Y eso significa que no vamos a estar juntos todo el día y que no dormiremos juntos todas las noches.

—¿Dormir es un eufemismo para el sexo?

—Sí.

—Ah, qué interesante.

—Te advertí que no sería un marido tierno, Kassiani. Intenté protegerte de mí, pero no me hiciste caso. Tú querías este matrimonio y yo soy quien soy.

—¿Y quién eres?

—Un hombre duro y frío, indiferente a las necesidades de los demás.

Kassiani tragó saliva, negándose a dejarse intimidar.

—No eras indiferente en la cama.

Él no dijo nada y el silencio se volvió tan pesado que Kass apenas podía respirar. Entonces, Damen se inclinó hacia delante, tan cerca que podía ver los puntitos plateados de sus ojos grises.

—Yo prefiero el sexo duro. Me gusta dominar, disfruto del poder, me excita.

Era lógico que no hubiese querido tener a nadie cerca, pensó ella, sintiendo un cosquilleo entre las piernas y preguntándose por qué no estaba tan asustada como... excitada.

–Ese es un mundo nuevo para mí. ¿Te gustan los juguetes? ¿Látigos, pinzas para pezones, esposas?

Damen dejó la taza de café sobre la mesa, mirándola con gesto de incredulidad. Kassiani parecía inocente, pero empezaba a descubrir que su tímido exterior escondía una mente aguda y un carácter de hierro.

–No, pinzas para pezones y látigos no... aún no –respondió–. Pero hay momentos para las esposas y algunos juguetes.

Ella se había puesto colorada, pero le sostuvo la mirada.

–¿Por qué no quieres sexo todas las noches, con o sin juguetes? A menos que no me desees...

–Te deseo –la interrumpió él. De hecho, le gustaría tumbarla sobre la mesa, levantar la falda del vestido azul marino y demostrarle lo excitante que podía ser tomarla por detrás–. Pero no necesito sexo todas las noches –añadió, agradeciendo que el mantel de la mesa ocultase su indiscreta erección.

–¿No lo deseas cada noche?

–No me parece necesario molestar a mi mujer cada noche.

–¿Aunque tu mujer desee tu compañía en la cama?

Era virgen cuando se casó con ella, pero no tenía nada de inocente, pensó Damen.

–No paso la noche con nadie. Siempre me marcho después del sexo.

–¿Por qué?

–Porque lo prefiero –Damen hizo un gesto de fastidio–. No tengo por qué dar explicaciones y no sé por qué lo intento siquiera.

–Tal vez porque tu mujer quiere conocerte y entenderte.

–No hay nada que entender. Algunas semanas lo haremos cada noche, otras semanas un par de veces. Depende de mi trabajo y de mi estado de ánimo.

–¿Y yo no debo dar el primer paso?

De repente, Damen se la imaginó de rodillas, dándole placer con la boca, y tuvo que cruzar las piernas.

–Yo no he dicho eso.

–Entonces, si quiero dormir contigo cada noche, ¿puedo decírtelo?

Él se pasó una mano por el pelo. Estaba duro y su miembro palpitaba bajo el pantalón, exigiendo ser liberado.

–No creo que tú quieras hacerlo cada noche. De hecho, estoy seguro de que no es así. Acabas de perder la virginidad.

–Pero… ¿y si quisiera que fueras a verme cada noche? ¿Y si quisiera tu compañía en la cama?

–Este no es un matrimonio por amor, Kassiani. No voy a ofrecerte romance.

–No te he pedido romance.

Damen no estaba acostumbrado a ser cuestionado o desafiado. Nadie lo cuestionaba y no se podía creer que Kassiani estuviese haciéndolo. ¿Qué esperaba conseguir? ¿Sería una especie de prueba?

–¿Eres ninfómana? –le espetó, usando una palabra que con toda certeza la ofendería.

Era mejor hacerle saber que él no era su padre, que no le gustaban las discusiones ni los retos. Él era un hombre tradicional y esperaba una esposa tradicional. Esos eran los términos de su matrimonio y ella había prometido complacerlo.

Pero, si había pensado que sus ofensivas palabras la harían callar, estaba muy equivocado, porque Kass se mantuvo firme, mirándolo con la barbilla levantada y una expresión de desafío.

—¿Te desagradaría que lo fuese?

—No lo eres —respondió él, impaciente—. Eras virgen hasta la otra noche. Las sábanas aún tendrán la marca de tu inexperiencia.

—Pero tal vez hayas despertado deseos largamente reprimidos o… —Kassiani hizo una pausa, pensativa—. O tal vez he descubierto cuánto me gusta estar contigo —dijo luego, enarcando una ceja—. ¿O no puede gustarme estar contigo? ¿No puedo tener mis propios deseos? ¿No debo sentir placer cuando estamos juntos?

Damen apretó los dientes, exasperado. Estaba presionándolo y solo llevaban tres días casados.

—No estás respetando las reglas —le advirtió.

Ella enarcó la otra ceja.

—Debería haberme imaginado que habría reglas. Porque, claro, un hombre como tú tiene docenas de reglas que no pueden ponerse en cuestión, ¿no? Pues muy bien, hazme una lista.

—No eres la mujer mansa y complaciente que fingías ser.

—Nunca he pretendido ser mansa y complaciente. No sé si recuerdas que luché por ti y por nuestro matrimonio.

—¿Estás intentando provocarme?

—No, pero creo que es hora de que me digas cuáles son tus expectativas.

—¡Espero que mi mujer no me acose! —exclamó Damen, conteniendo su impaciencia a duras penas.

Ella soltó una carcajada y luego se cubrió la boca con la mano; esa boca de labios carnosos que le provocaba tan pecadores pensamientos.

—Lo siento —se disculpó, con los ojos brillantes—. Intentaré no reírme.

—No lo intentes, hazlo.

—Ah, muy bien, no debo reírme, no debo hablar y solo debo escuchar y obedecer. ¿Es eso?

—Ya era hora —murmuró él.

Kassiani cruzó las piernas y pasó una mano por la falda del vestido. Se había puesto seria, pero Damen podía ver un brillo burlón en sus ojos.

—Muy bien, no me reiré.

Tendría que ignorar ese brillo irónico de sus ojos como ignoraba su cálida sonrisa. Su pelo castaño, con reflejos de color cobre, le recordaba las vetas de una roca de granito y su personalidad, combinada con sus exuberantes formas, hacía que Damen se cuestionase todo lo que sabía sobre las mujeres.

—No estoy buscando una amiga —le advirtió. Se daba cuenta de que sonaba como un ogro, pero era la verdad y no se avergonzaba—. Y tampoco estoy buscando una compañera. Vivo para mi trabajo y, cuando necesito algo, lo busco. Pero una vez que he conseguido lo que quería, me gusta estar solo.

Kassiani asintió con la cabeza, sin decir nada. No parecía ofendida por su brusco tono, aunque había temido que así fuera.

Desayunaron huevos, queso, tomates, aceitunas y patatas recién fritas en la sartén. Comieron en silencio y solo cuando terminaron y Damen pagó la cuenta, Kassiani le preguntó:

—¿Cómo sabré cuándo me deseas? Quiero estar segura de que entiendo la señal. No quiero molestarte cuando, supuestamente, debo estar escondida.

–Yo no he dicho eso –respondió él, levantándose de la silla.

–¿Ah, no? Por lo que has dicho, mi obligación es ser sumisa, autosuficiente y, sobre todo, conveniente.

Capítulo 5

CUANDO salieron del restaurante, Damen caminaba delante de ella, en silencio. Y Kass se alegraba porque no quería hablar con él. Un coche los esperaba al final de la calle empedrada y, mientras recorrían el pueblo de vuelta al muelle, Kass miraba por la ventanilla con los ojos nublados.

Se sentía aturdida... no, en realidad estaba furiosa. Siempre había pensado que su padre era cruel y egoísta, pero, en ese momento, Damen hacía que pareciese Santa Claus.

Seguía furiosa cuando él señaló un camino a lo lejos.

—La Ruta Bizantina —le dijo—. Es una calzada pavimentada que conecta los pueblos de Prodromos y Lefkes. Si tuviésemos más tiempo podríamos recorrerla, pero hoy vamos a Parikia, la capital de la isla. Allí hay varios sitios interesantes que podrían gustarte, una catedral, un castillo veneciano del siglo XIII, el museo arqueológico de Paros y un antiguo cementerio que siempre me ha interesado, no sé por qué.

Kassiani se concentró en la visita turística, intentando olvidar la discusión. El museo era pequeño y el cementerio estaba un poco descuidado, pero las tumbas de mármol daban fe de la antigüedad del sitio.

Al final del día, mientras tomaban un vaso de *ouzo*

en una taberna, miró las calles empedradas y las casitas blancas con puertas y persianas pintadas de azul.

—Es un pueblo muy bonito, pero creo que aquí me volvería loca –le dijo–. Estoy acostumbrada a una gran ciudad y no sabría qué hacer aquí.

—¿Qué hacías en San Francisco?

—Visitar museos, ir a la biblioteca, pasear por el puerto, leer en el parque, admirar el Golden Gate.

—¿Con quién hacías todas esas cosas?

—Sola.

—Me imagino que tienes amigos.

—No muchos.

—¿Por qué no?

—Porque me gusta estar sola, como a ti. No necesito atención constante.

—Pero te molestó que ayer no te prestase atención.

—Porque era el primer día. Pero no tiene sentido volver a hablar de ello, ¿no?

—No quería ofenderte, Kassiani –dijo él, tenso–. Pero creo… no, déjalo, no quiero discutir.

Tampoco ella quería discutir, pero sí quería entenderlo.

—¿Es discutir intentar aclarar la situación?

Damen le levantó la barbilla con un dedo.

—Discutir crea conflictos y a mí no me gustan los conflictos.

Había bajado la voz y el tono ronco le provocaba a Kass deliciosos estremecimientos por la espalda.

—¿Porque eres un hombre griego tradicional o porque tienes una abrumadora necesidad de dominar?

—Para tu información, tú no eres ni obediente ni conveniente.

—Vaya, siento no poder complacerte.

–Quizá deberías esforzarte más.

–O tú tendrías que ponérmelo más fácil –replicó ella–. Tal vez entrenar a una esposa es más difícil de lo que habías pensado.

–¿Ese es el problema? ¿Que no he sabido entrenarte?

Había una oscura y perversa promesa en esas palabras y Kass tuvo que apretar las rodillas, extrañamente excitada.

–Tienes una tripulación enorme. Hay un capitán, un jefe de máquinas, un primer oficial, un segundo, un sobrecargo, camareros, cocineros, empleados del spa...

–Sé muy bien cuántos empleados tengo –la interrumpió él, burlón.

–Pero no has contratado a nadie para que me entrene y eso significa que, o contratas a alguien para que me enseñe a ser una buena esposa griega o tendrás que hacerlo tú mismo...

Damen la silenció con un beso y, cuando se apartó, sus pómulos estaban cubiertos de un intenso rubor.

–Parece que es hora de seguir con tu entrenamiento –murmuró–. Venga, volvamos al barco.

La lancha esperaba en el muelle de Parikia para recogerlos y Kass intentó contener la emoción mientras se acercaban al yate, pero las palabras de Damen daban vueltas en su cabeza.

«Es hora de seguir con tu entrenamiento».

–¿Me he metido en un lío? –le preguntó, sin aliento, mientras Damen tomaba su mano para llevarla al dormitorio.

–¿Quieres estar metida en un lío?

–Estoy un poco nerviosa –le confesó ella.

Damen la aplastó contra la puerta del dormitorio.

—Me alegro.

Y luego volvió a besarla, un beso ardiente, carnal, que hizo que le temblasen las rodillas. Era, sin duda, lo más excitante que le había pasado nunca. Le daba vueltas la cabeza, su corazón latía acelerado y sentía como si tuviese miel en las venas en lugar de sangre.

—Cuando entremos, vas a obedecerme. No vas a discutir. Vas a hacer lo que yo te diga.

—¿Porque eso te excita?

—Sí —respondió él, besando su cuello—. Y creo que a ti también.

Luego empujó el picaporte y la puerta se abrió tan bruscamente que Kassiani estuvo a punto de caer al suelo. Damen la sujetó con una mano mientras echaba el cerrojo con la otra.

—Quítate el vestido. Quiero mirarte —le ordenó.

Kass notó que se ponía colorada de la cabeza a los pies, pero se dirigió a la puerta de cristal para echar las cortinas.

—¿Qué haces? —le espetó él.

—Cerrar las cortinas.

—¿Por qué?

—Porque alguien podría vernos.

Damen soltó una carcajada.

—¿Yo, por ejemplo? La otra noche no te mostrabas tan tímida.

—Era de noche… y la habitación estaba a oscuras.

—Quiero verte bien.

Kassiani tragó saliva.

—Yo no soy Elexis.

—¿No? Qué sorpresa.

—Lo digo en serio.

–Yo también. Quítate el vestido, Petra Kassiani. Tu marido empieza a impacientarse.

Ella no sabía qué hacer. Si se quitaba el vestido, Damen la vería a la luz del día y dejaría de gustarle. Sus ojos se llenaron de lágrimas, pero llorar no la protegería. Tal vez sería mejor dejar que la viese tal como era y terminar con aquello de una vez.

Armándose de valor, levantó la falda del vestido y se lo quitó por encima de la cabeza antes de dejarlo caer al suelo.

Se quedó con el sujetador azul y las bragas a juego, pero los tirantes del sujetador no eran finos porque sus pechos necesitaban sujeción. Por suerte, las bragas eran pequeñas y altas de cadera para sacar el máximo partido de su figura.

Mantuvo la cabeza alta mientras él la estudiaba a la luz del sol, haciendo un esfuerzo para no cubrirse con las manos. Sabía que tenía demasiadas curvas y el ejercicio no conseguía solucionarlo, pero no iba a acobardarse y no le haría saber lo doloroso que era aquello para ella porque necesitaba que la relación saliese adelante.

Su tía Calista, la hermana de su padre, la había nombrado su heredera porque la consideraba un alma gemela. No se casó nunca y había sido muy infeliz viviendo con su familia. Por eso había creado un fideicomiso para ella, que heredaría cuando cumpliese veinticinco años o cuando contrajese matrimonio.

Pero Kass no se había casado con Damen para dejarlo y vivir de su herencia, sino para ser esposa y madre. Tal vez no sabía cómo ser una tradicional esposa griega, pero podía ser una buena esposa. Después de veintitrés años siendo invisible, estaba lista para dejar de serlo.

–Eres preciosa –dijo Damen entonces, con su ronca voz rompiendo el silencio.

–No lo soy…

–Lo eres. Si no lo fueras, no lo diría –insistió él, tumbándose en la cama para observarla con los ojos entornados–. Quítate el sujetador.

Sintiendo estremecimientos, y notando que sus pezones se levantaban, Kass echó los brazos hacia atrás y se desabrochó el sujetador para dejarlo caer al suelo con el vestido.

–Ahora, las bragas –le ordenó él.

–No me siento muy cómoda –objetó Kass.

–Mejor, así es más estimulante.

–¿Por qué te gusta dominar? –le preguntó ella mientras se quitaba las bragas.

–¿Por qué te gusta que te dominen?

–No me gusta.

–Yo creo que sí, y también sé por qué. Eres inteligente, más inteligente que el resto de tu familia. Toda tu vida ha sido previsible, pero ahora no lo es y eso te gusta.

Kass no podía discutir y su percepción la dejó asombrada.

–¿Les dices eso a todas las mujeres?

–Tú no te pareces a otras mujeres. De hecho, no te pareces a nadie.

–¿Y eso es malo?

–No, al contrario. Ahora, tócate –le ordenó él–. Juega con tus pezones.

Kass, nerviosa, se abrazó la cintura.

–No puedo hacer eso.

–¿Por qué no?

–Porque es… raro.

–¿Y no te gusta?

–Mis pechos son tan grandes…

–Son perfectos –la interrumpió él–. Pero, si te pone nerviosa ser la única que está desnuda, me desnudaré también. Así te sentirás más cómoda.

Damen se levantó y empezó a quitarse la ropa. Zapatillas, camiseta, pantalón y calzoncillos desaparecieron en unos segundos.

Kassiani tragó saliva al ver su erección. Era grande, larga, con una cabeza gruesa y redonda.

Él bajó una mano para pasarla arriba y abajo por el miembro erecto, rozando el glande con la palma.

Kassiani lo recordó en su boca, recordó cómo la había llenado y lo maravilloso que había sido sentir sus embestidas, dentro y fuera, encontrando lugares sensibles en su interior que ella no sabía que existieran.

–Ahora, tócate –le ordenó, sentándose en la cama con los poderosos muslos abiertos, sujetando su erección con una mano.

Estaba bronceado de la cabeza a los pies, no tenía marcas, y Kass sintió que se le doblaban las piernas.

–No puedo…

–Seguro que una chica tan brillante como tú es capaz de obedecer una orden tan sencilla –la interrumpió Damen. Pero su tono no era seco, sino más bien burlón.

Kassiani exhaló un suspiro, intentando armarse de valor. Sus pezones se levantaron cuando empezó a tocarse entre las piernas, pero enseguida apartó la mano.

–Lo he hecho –murmuró–. Estoy aquí, desnuda.

–Pero no te estás tocando.

–No puedo.

–Lo harías si supieras las consecuencias de desobedecerme.

—¿Por ejemplo?

—Atarte y dejarte aquí todo el día, desnuda...

—Tú no harías eso.

—O atarte y lamerte, pero no dejar que termines —dijo Damen—. ¿O prefieres que te azote? ¿Unos buenos azotes en ese bonito trasero y luego un suave masaje?

Ella apretó las rodillas, sintiéndose empapada.

—Si me toco ahora, ¿me harás lo que me hiciste la otra noche? Me encantó. Me encanta estar cerca de ti y ahora mismo estoy demasiado lejos.

—Deberías estar orgullosa de tu cuerpo. Es precioso.

—Me sobran muchos kilos...

—¿Por qué crees que a los hombres les gustan las mujeres flacas? Yo creo que tienes una figura fabulosa.

—¿De verdad?

—He estado excitado todo el día. Me pareces increíblemente atractiva, Kassiani, tal vez demasiado. No puedo trabajar porque estoy pensando en ti, en estar dentro de ti.

Ella bajó la cabeza, tímida y también victoriosa. ¿Había estado pensando en ella? Era emocionante, la hacía sentirse poderosa.

—Yo no pienso en otra cosa desde ayer —admitió en voz baja.

—Así que mi gatita se está acostumbrando al sexo.

—Tal vez porque te deseo.

—Entonces ya está bien de charla —Damen se levantó y la tomó en brazos para llevarla a la cama. Se colocó sobre ella, abriendo sus muslos con las rodillas y luego separándolos un poco más con las manos para poder verla entera.

—Me gustas así, pelada —dijo con voz ronca.

Kass se mordió los labios cuando trazó la abertura con un dedo antes de introducirlo entre los húmedos pliegues.

–Tan húmeda –murmuró.

Ella cerró los ojos, sacudiendo la cabeza de un lado a otro cuando sacó el dedo y extendió lentamente la humedad sobre su monte de Venus.

Sus caderas se levantaron como por voluntad propia cuando repitió el movimiento. Y, de repente, estaba ahí, en su entrada, empujando en ella con una erección de acero, conectándola íntimamente con él. Algo ocurrió cuando se enterró en ella que la hizo desear agarrarse a él y no soltarlo nunca.

Le echó los brazos al cuello para aplastar sus pechos contra el torso masculino, deseando inhalar su aroma, deseando su calor por todas partes. Había dicho que no tenía sentimientos, pero ella sabía que no era cierto.

Damen podía decir que todo le daba igual, pero cuando la besó, un beso profundo y ardiente, haciendo con la lengua lo que estaba haciendo con otra parte de su cuerpo, acariciaba su pelo en un gesto cálido y protector. Había sido atento y protector durante todo el día, haciéndola sentir como si de verdad fuesen un matrimonio.

En cierto modo, sentía que aquel era su sitio, no el de Elexis. Elexis nunca podría entenderlo, pero ella sí porque le gustaban los rompecabezas y los retos. Y se le daba bien leer no solo textos, sino subtextos. Y, cuando Damen y ella estaban juntos así, era la perfección en un mundo imperfecto.

Era suya. Había encontrado su sitio por primera vez en toda su vida.

Kassiani se rompió cuando él se dejó ir por fin. Llegaron juntos al orgasmo y recibió la última embestida aceptando todo lo que le daba y todo lo que podría darle.

Después, intentó encontrar el aliento, mareada, desconcertada, sintiendo como si flotase.

La noche de bodas había sido increíblemente satisfactoria, pero aquel encuentro y el orgasmo que había tenido eran… en fin, aquel encuentro había cambiado su vida.

Le gustaba estar con él, incluso cuando era antipático y dominante. Tal vez porque nadie la había retado en su vida. Hasta ese momento.

Damen se tumbó de espaldas y la llevó con él, apretándola contra su torso. Estaba empapado de sudor, pero olía de maravilla. Kass inhaló su aroma a hombre, a sexo y a algo especial que era solo él. Y se le ocurrió que debería proteger su corazón porque todo aquello era tan potente, tan nuevo y excitante…

—¿Cómo estás? —le preguntó Damen, acariciándole la espalda.

¿Que cómo estaba? Mejor que nunca. Y él tenía que saberlo.

—Muy bien.

—Odio que tu familia te haya tratado tan mal. Me dan ganas de arrancarle los brazos y las piernas a tu padre.

Esbozando una sonrisa, Kassiani se incorporó para besarlo.

—No hace falta, pero gracias por ser mi protector. Nunca lo había tenido.

—No soy ningún héroe.

—No, eres más bien un matón, pero un matón muy guapo.

–Y tú eres una sorpresa detrás de otra.

–Espero que eso sea bueno.

–Lo es –Damen le devolvió el beso, pero enseguida se apartó–. Lamento tener que irme, pero debo hacerlo.

–¿Por qué tienes que irte?

–Llevo todo el día fuera de la oficina y seguro que hay docenas de correos y llamadas esperándome.

–Quédate un poco más. Quédate y habla conmigo, por favor. Solo cinco minutos. Hay tantas cosas que quiero saber sobre ti. Háblame de tu trabajo y de tu familia. Cuéntame quién fue tu primera novia y…

–Eso es mucho para cinco minutos.

–¿Has estado enamorado alguna vez?

Damen vaciló.

–No –respondió por fin.

–No pareces muy convencido.

Él no replicó.

–Así que has estado enamorado –insistió Kassiani.

Damen saltó de la cama.

–Cuanto menos sepas sobre mí, mejor. Te llevarías una desilusión, en serio –le dijo–. Soy bueno en lo que hago porque mantengo la concentración y soy implacable. Además, me dan igual los demás y no me importa lo que piensen de mí.

–Eso puede ser bueno en los negocios.

–Yo soy así todo el tiempo. No tengo diferentes caras. No tengo sentimientos, soy ambicioso y despiadado.

Kassiani lo pensó un momento.

–Yo no creo que seas así. Si lo fueras no te importaría lo que yo quiero o lo que necesito y no me cuidarías tan bien en la cama.

–Tú lo has dicho, en la cama.

–O en la isla esta mañana.

–No le des demasiada importancia.

–Nadie me había prestado nunca tanta atención.

Damen se colocó sobre ella.

–No digas esas cosas. Hace que odie a tu familia aún más.

Ella levantó una mano para apartarle el flequillo de la frente.

–No los odies. El odio es una emoción inútil.

–El odio puede ser muy poderoso.

–No hace falta odiar y tú no necesitas más poder.

Damen la miró a los ojos, en silencio.

–Entonces, ¿qué es lo que necesito, señorita sabelotodo?

–Tal vez ser feliz.

–¿Porque tú eres feliz?

–Soy más feliz que en mucho tiempo.

–Porque estás lejos de tu familia.

–Porque estoy contigo.

Él exhaló un bufido de incredulidad mientras saltaba de la cama.

–Me estás tomando el pelo.

Kassiani se sentó, cubriéndose con la sábana.

–¿Por qué no puedes gustarme?

–Porque no se trata de eso. No es un matrimonio por amor...

–Lo sé, lo sé. Y he dicho «gustar», no «amar» –lo interrumpió ella mientras Damen volvía a vestirse–. Ahora mismo estás siendo ridículo, pero eso no significa que hayas dejado de gustarme.

–Eso no es parte del acuerdo.

–Lo siento.

–Si lo sientes, ¿por qué sonríes?

–Tal vez porque ahora mismo estás realmente guapo.

Damen dejó escapar un gruñido de frustración.

–No estoy guapo ahora mismo, no te gusto y el nuestro no es esa clase de matrimonio.

–¿A qué clase de matrimonio te refieres?

–A esos matrimonios en los que todo el mundo es feliz y los sueños se hacen realidad –respondió él, mirándola con expresión torturada–. Tú eres una persona inteligente. Tú mejor que nadie deberías saber que la felicidad es un mito y que los sueños son solo eso, sueños.

Capítulo 6

HABÍA pasado todo el día con Kassiani. Damen no recordaba la última vez que estuvo tantas horas con nadie y menos con una mujer. Y había disfrutado de cada minuto.

Kassiani era una revelación.

Sabía muy poco sobre ella antes de la boda, aparte de que era la hija menor de Kristopher Dukas y una figura más bien misteriosa que su padre había descrito como «excéntrica». Era por eso, al parecer, por lo que no era exhibida como Barnabas y Elexis. Pero ahora entendía que había sido relegada e ignorada por su familia porque no era como ellos, no era superficial, no se aprovechaba de la gente. Al contrario, era una persona inteligente y generosa que se merecía mucho más de su familia. Ellos eran los culpables de que se sintiese gorda y poco atractiva.

También él estaba manejando mal la situación, pero no sabía cómo ser mejor marido. No estaba acostumbrado a ser amable o paciente y quizá ese debía ser el primer paso, practicar la paciencia y tal vez un poco de amabilidad.

Cuando salió a la cubierta antes de cenar, ella estaba apoyada en la barandilla y sonrió al verlo.

–Buenas noches.

–Buenas noches. ¿Llevas mucho tiempo aquí?

–No, unos minutos. La vista es espectacular. Todas esas luces…

–Es Mykonos.

Kassiani frunció el ceño.

–¿No pensabas ir a Mykonos con Elexis?

–Sí, pero no quería llevarte donde iba a llevarla a ella. No me gustaba la idea.

–Conozco Mykonos. Es una isla preciosa, pero no es mi favorita.

–¿Cuál es tu isla favorita? No, espera, deja que lo adivine… Santorini.

Kassiani sonrió.

–Es la favorita de todo el mundo, ¿no?

–Es muy pintoresca –asintió Damen–. ¿Cómo sabías que pensaba llevar a Elexis a Mykonos?

–Mi hermana me pidió que le leyese el itinerario para ver si le gustaba.

–Y tú lo hiciste porque te gusta ayudar a los demás.

–Me gusta tener un propósito, el que sea. Es frustrante tener un título universitario y que mi padre se niegue a dejarme trabajar.

–¿Nunca has trabajado?

–Solo en algún proyecto benéfico, nada más.

–¿Y tus hermanos?

–Igual. Barnabas debía trabajar con mi padre cuando terminase la carrera, pero nunca la ha terminado.

–¿Y de dónde saca el dinero?

–Mi padre le hace una transferencia todos los meses.

–Tu hermano tiene veintiocho años. ¿No es un poco mayor para seguir viviendo de su papá?

–Mi padre teme que Barnabas y Elexis se alejen de él si deja de darles dinero, así que les da todo lo que quieren.

–¿También tú recibes dinero de tu padre?

–No –respondió ella–. Yo no.

–¿Por qué ese doble rasero?

–Barnabas y Elexis le dicen a mi padre lo que quiere escuchar, yo no.

–¿Qué le dices tú?

–Que la empresa necesita liderazgo, que la familia no debería vivir de los beneficios, sino reinvertirlos y que la Naviera Dukas no debería ser una cuenta corriente personal para una pandilla de vagos.

Damen enarcó una ceja.

–¿Le has dicho eso?

–Y más.

–Me imagino que no le haría ninguna gracia.

–No, claro, pero él valora su negocio y sería absurdo por mi parte no decirle la verdad cuando hay tanto en juego. Podría ser una empresa fabulosa…

–Y lo será, cuando yo esté al mando.

–¿Piensas apartar a mi padre del consejo de administración?

–Hace años que no maneja bien la empresa y él sabe que me haré cargo de ella tras la luna de miel –respondió Damen–. ¿Eso te disgusta?

–No, en realidad es un alivio. Alguien tiene que hacer algo, pero… –Kassiani se encogió de hombros–. En fin, da igual.

Se dio media vuelta para mirar el mar y él aprovechó para admirar su elegante perfil. Era una mujer guapa, con las facciones patricias de una diosa griega.

–Dímelo –la animó Damen–. Quiero saberlo.

Kassiani se volvió, mirándolo con los ojos brillantes.

–Si hubiera sido un chico, mi padre me habría hecho

un sitio en la empresa, pero tuvo una hija que fue una decepción para él.

Antes de que Damen pudiese responder, un camarero apareció con la botella de champán que había pedido.

—No brindamos en nuestra noche de bodas, así que *stin yeia sou* —murmuró, levantando su copa cuando el hombre desapareció—. A tu salud.

—*Yamas* —respondió ella.

Ver cómo envolvía el borde de la copa con los labios lo excitó. No entendía esa fascinación por ella o por qué le costaba tanto alejarse. Kassiani era tan sensual que lo tenía encendido todo el tiempo.

—¿Qué más cosas le has dicho a tu padre que él no quisiera escuchar? —le preguntó, intentando apartar su atención de los carnosos labios.

—Que la Naviera Dukas valía mucho más hace cinco años, cuando se puso en contacto contigo, así que has hecho un pésimo acuerdo. En lugar de llevarte a la belleza de los Dukas, te has llevado al patito feo y una empresa al borde de la ruina.

—Tú querías trabajar para él.

—Desesperadamente —le confesó Kassiani—. Llevo años intentándolo. Incluso le dije que no tendría que pagarme un sueldo.

—¿Es cierto que has estudiado Dirección de Empresas y Derecho Internacional en la universidad de Stanford?

—Sí, claro.

—No creo que fuese fácil.

—En realidad, sí lo fue. Aprendo rápidamente y tengo una memoria fotográfica. Es una bendición y una maldición al mismo tiempo porque no olvido nada —dijo Kassiani, irónica.

–Y terminaste la carrera hace un par de años.

–Cuatro años. Empecé la carrera a los dieciséis y terminé en tres años.

Pocas cosas sorprendían a Damen, pero aquello lo dejó atónito.

–La mayoría de los estadounidenses no ingresan en la universidad hasta los dieciocho años.

–Yo siempre iba adelantada porque me encanta estudiar –Kassiani hizo una mueca–. Aunque eso también es una bendición y una maldición a la vez.

–¿Te han hecho alguna prueba? Tal vez seas una superdotada.

–Me la han hecho y lo soy, pero no sé si sirve de algo. Mi madre también era muy anticuada y solía decir que las mujeres inteligentes eran un problema porque competían con los hombres.

Damen sonrió.

–No era una feminista precisamente.

–No, desde luego.

–Es lógico que tu padre la adorase. Los hombres griegos esperan ser el centro del universo.

–Sí, lo sé –Kassiani vaciló–. Por eso mi tía no se casó nunca. Era una mujer muy inteligente, muy brillante. Sus padres eran muy tradicionales y no sabían qué hacer con ella. Creo que es por eso por lo que me legó su herencia. Me veía como un alma gemela y quería que yo tuviese opciones.

Algo se encogió en el pecho de Damen al ver su triste sonrisa. Kassiani era una continua fuente de sorpresas.

–¿Qué más cosas te enseñó tu madre?

–No me enseñó mucho. Según ella, la belleza es la mayor virtud de una mujer y ser socialmente inepta es un fracaso inaceptable.

–Vaya.

–Sí, vaya. A ojos de mis padres, yo he sido un fracaso durante toda mi vida. No soy atractiva, no soy popular...

–¿Te sentías así en Stanford?

–No, al contrario. Me encantaba la universidad. Me siento cómoda en ciertos ambientes, pero perdida en otros. No se me da bien la charla banal y no creo que haya una mujer menos interesada en la moda que yo...

–No sé si puedes reclamar ese honor. Mi madre solo lleva batas y sandalias con calcetines. Es horrible, de verdad.

Kassiani soltó una carcajada y Damen se alegró. Quería hacerla reír porque el dolor que había en su voz hacía que se le encogiera el corazón. ¿Cómo se atrevían sus padres a tratarla de ese modo? ¿Cómo se atrevían a hacerla sentir que no valía nada cuando era la mejor de los Dukas?

–Además –agregó después de un momento–, la moda y las fiestas están sobrevaloradas. Yo prefiero una mujer inteligente a una que esté siempre pendiente de la ropa que lleva.

Los dos se quedaron en silencio y Kassiani miró las luces de la isla. Damen estaba felicitándose a sí mismo por haber calmado sus miedos cuando ella le preguntó:

–Entonces, ¿qué esperabas de Elexis? ¿Por qué no me querías a mí?

Su tono era sereno, plácido. Damen tardó un segundo en entender que no estaba acusándolo de nada o intentando hacer que se sintiera culpable. De verdad quería saber la respuesta.

Y, de nuevo, se puso furioso. Kassiani se merecía mucho más de su familia.

–Nunca te presentaron como una opción –respondió por fin–. No sabía nada de ti.

–¿No sabías que mi padre tenía dos hijas?

–Sí, lo sabía, pero tú eras… un misterio.

–Kassiani Dukas, aficionada a las matemáticas y con una memoria fotográfica –Kass hizo una mueca–. Menudo misterio.

La luz de la luna bañaba su encantador perfil y sus elegantes facciones. Llevaba un vestido blanco con volantes en el pecho y se le ocurrió que, aunque el blanco hacía un bonito contraste con su pelo oscuro, los volantes eran demasiado para una mujer tan pequeña y exageraban sus curvas, haciéndola parecer más gruesa de lo que era. En realidad, tenía unas curvas excepcionales, asombrosas, como las antiguas estrellas de Hollywood.

–Deberías sentirte orgullosa de tu talento, no avergonzada.

–¿Crees que mi padre debería haberme contratado?

–Por supuesto.

–¿Tú me contratarías?

–He contratado a muchas mujeres. También hay una mujer en mi consejo de administración.

–¿Una mujer entre cuántos hombres, doce?

Damen no respondió porque no hacía falta. Kassiani era directa, desde luego. Tanto que empezaba a entender por qué Kristopher prefería no lidiar con la más joven de sus hijas.

–El negocio de las navieras griegas está dominado por los hombres, y, en general, no es muy receptivo a contratar mujeres para puestos importantes.

Kass tomó un sorbo de champán, pensativa. Su silencio le parecía una condena y a Damen no le gustaba ser juzgado.

–No he dicho que yo esté de acuerdo –se apresuró a declarar, a la defensiva–. Los hombres buscan soluciones prácticas sin la carga emocional que llevan las mujeres a la mesa…

–¿Los hombres no tienen cargas emocionales? –lo interrumpió ella, sin poder disimular un gesto de decepción–. No sabía que tú fueras uno de esos. Pensé que eras más liberal.

–Los negocios son los negocios. Yo no me paso horas en el despacho porque me guste estar sentado detrás de un escritorio. Estoy ahí para solucionar problemas.

–¿Y las mujeres no solucionan problemas?

–Estás retorciendo mis palabras deliberadamente.

–Estoy repitiendo lo que has dado a entender.

Damen dejó escapar un suspiro de frustración.

–No quería decir eso. Pero, para responder a tu pregunta, esto es exactamente lo que no quiero en la oficina. No quiero discutir con una mujer por desaires reales o imaginarios. Quiero ejecutar contratos, crear mercados. Lo que no quiero es ser desafiado en mi territorio. No es bueno para la moral de la empresa…

–No es bueno para la tuya –lo interrumpió Kass.

Damen sacudió la cabeza. Unos minutos antes estaban manteniendo una conversación agradable que, de repente, se había vuelto antagónica.

¿Por qué? ¿Qué había pasado? Empezaba a entender por qué Kristopher Dukas no quería saber nada de Kassiani. No era porque fuese aburrida o un patito feo, sino porque no sabía cómo manejar a su hija menor. Kassiani era demasiado inteligente y solo había podido lidiar con ella abochornándola, dejándola al margen, haciéndola sentir insignificante. Sabía qué hacer para conseguir el afecto de Barnabas y Elexis: darles dinero, caprichos. Pero Kassiani no se dejaba comprar. Era inteligente, seria, honesta y real.

–¿Sabes una cosa? Si quieres formar parte del juego, tienes que jugar.

–¿Se trata de un juego?

Damen recordó Adras y los horrores de un chico atrapado en una situación que escapaba a su control. Solo tenía catorce años, pero, a pesar de haber pasado veintidós años, nunca se perdonaría a sí mismo por haber dejado que jugasen con él.

–Si crees que estás siempre en el bando perdedor, yo diría que hay un juego.

–¿Y si estuviera cansada de perder?

–Entonces deberías entender mejor el juego.

–Para entenderlo mejor deberían dejarme participar, ¿no?

Esa noche, la cena fue tensa y Kassiani sabía que era culpa suya, no porque estuviese equivocada, sino porque no podía callarse sobre ciertos temas. Su familia era muy anticuada y tradicional y sus opiniones feministas no eran bienvenidas en San Francisco. Debería haberse imaginado que también serían un problema en Grecia.

En el dormitorio, se regañó a sí misma por no haberse mordido la lengua. Damen estaba de buen humor cuando se reunió con ella en la cubierta y ella lo había estropeado todo al ser demasiado directa, demasiado clara. Tal vez porque se sentía frustrada.

Le pesaban las restricciones, la falta de retos en su vida. Leía media docena de periódicos cada día, estudiaba la economía mundial, los mercados y la política internacional. Estaba suscrita a varias revistas académicas, pero nada de eso servía para aliviar su soledad. Sin embargo, no se sentía sola cuando Damen le hacía el amor. No se sentía como un fracaso cuando lo excitaba en la cama.

Ella no era una feminista radical, pero le costaba guardar silencio cuando se enfrentaba a una injusticia. Las mujeres eran capaces de tantas cosas, eran capaces de todo.

Tal vez necesitaba ser escuchada, contribuir, ofrecer sus opiniones, porque no se sentía valorada como objeto decorativo. Solo se sentía atractiva cuando usaba su cerebro.

O su cuerpo para seducir a Damen.

Kass sonrió. Al menos le quedaba sentido del humor. No era apreciado en su familia, pero siempre había agradecido poder reírse de sí misma. Eso era mucho mejor que llorar por sus defectos.

La puerta del dormitorio se abrió y su corazón aleteó al ver a Damen. De repente, las lágrimas que había estado conteniendo empezaron a rodar por su rostro y no sabía cómo disimular.

—¿Por qué lloras? —le preguntó él.

Kass se incorporó en la cama y se secó las lágrimas con el dorso de la mano.

—No sabía que ibas a venir esta noche. Pensé que te había espantado.

—¿Porque no crees en lo que decías?

—Claro que lo creo.

—Entonces no te disculpes. Tu problema es que eres más inteligente que los demás.

—No soy más inteligente que tú.

—No estoy tan seguro. Tú tienes mejor educación, aunque seguramente yo soy más astuto.

Kassiani se pasó el camisón por encima de las rodillas y exhaló un suspiro.

–No me disculpo por tener opiniones, pero siento haberte disgustado. Ser una buena esposa es más difícil de lo que yo creía.

–¿Por qué no vas a hablar con libertad? Yo lo hago.

–Los dos sabemos la respuesta a esa pregunta.

–¿Porque los hombres pueden y las mujeres no?

–Tú has dicho que quieres una esposa que te apoye, no una esposa polémica.

–Me parece que yo no he dicho eso.

–Una esposa griega tradicional…

–No es eso lo que yo quiero, es lo que tú dices que necesito. Según tú, necesito una esposa mansa y sumisa –Damen enarcó una ceja–. Hay momentos en los que disfruto de una mujer sumisa, pero seguramente no es lo que tú estás pensando.

¿O sí? En el cerebro de Kass apareció una imagen de ella de rodillas, adorándolo, metiendo el pene en su boca para chuparlo. Y Damen agarrando su pelo, sujetándole la cabeza mientras ella le daba placer…

Tuvo que contener el aliento, ardiendo, con los sentidos encendidos. Nerviosa, se apartó el pelo de la cara sin saber qué hacer. Él también parecía afectado por esa extraña tensión porque deslizó una mirada descaradamente sexual y posesiva sobre sus pechos, sus caderas y, por fin, el camisón pegado a sus muslos.

–Deja que te vea –dijo en voz baja.

–¿Qué quieres ver?

–Todo.

–Entonces, deja que yo te vea también.

–¿Qué quieres ver?

–Todo.

Damen soltó una carcajada.

—Eres buena negociadora, lo admito, pero vamos a ver si eres capaz de exigir. ¿Qué es lo que quieres, Petra Kassiani? ¿Qué te da placer?

Ella vaciló, pensativa.

—Algo nuevo, algo que no hayamos hecho. Pero algo que me guste —se apresuró a aclarar.

—Ah, eso es fácil. Aún no te he tomado por detrás y creo que te gustará mucho esa postura.

Capítulo 7

TENÍA razón. Le gustaba mucho esa postura, pero mucho. Kassiani seguía intentando recuperar el aliento después del orgasmo más intenso de su vida y Damen estaba a su lado, acariciando suavemente su espalda.

–Cuéntame algo de tu infancia –le pidió–. ¿Tienes hermanos y hermanas?

–No, soy hijo único.

–¿Por qué?

–Hubo complicaciones durante mi nacimiento. Mi madre tuvo suerte y los dos conseguimos sobrevivir. Si hubiéramos vivido en otro sitio, con acceso a rápida atención médica, el parto habría sido menos peligroso.

–¿Tus padres eran pobres?

–Mucho.

Kassiani se apretó contra él, pasándole un brazo por la cintura.

–Y, sin embargo, ahora tienes tanto.

–Cuando tenía quince años me juré a mí mismo que nunca volvería a ser pobre y esa decisión me ha empujado toda la vida.

–¿Qué hacía tu padre?

–Trabajaba en un olivar, como mi madre. Ganaban muy poco, así que yo iba a trabajar con ellos, intentando ayudar como podía, aunque no empezaron a pagarme hasta que cumplí los diez años. No era mucho comparado con lo que ganaba mi padre, pero servía de ayuda.

Kassiani puso una mano en su torso, sobre su corazón. Sus vidas habían sido tan diferentes y, sin embargo, allí estaban, juntos.

—¿Ibas al colegio?

—Cuando no me necesitaban en el olivar o en el molino. Fui al colegio hasta los catorce años... —Damen apartó la mirada—. Y ahí se terminó mi infancia. No volví al colegio y dieciocho meses después me marché de Adras para siempre.

—¿Dónde fuiste?

—A Atenas. Y conseguí un trabajo en el puerto.

—¿Y cómo un chico sin educación se convierte en el propietario de la Naviera Alexopoulos?

—Por una ambición desmedida —respondió Damen—. Y el deseo de vengarme.

Kassiani se apoyó en un codo para mirarlo.

—¿De vengarte de quién?

—Cuando eres pobre dependes de los demás y hay un terrible desequilibrio de poder —Damen apretó los labios—. Pero no es algo de lo que quiera hablar.

—¿Por qué no quieres contármelo?

—Porque ya no importa —respondió él con tono seco, dándole un beso en la frente—. Y ahora quiero trabajar. El trabajo me da una razón para despertarme cada mañana y me proporciona satisfacción al final del día —agregó, mirando el reloj—. Además, tengo hambre. ¿Tú no?

—¿El chef no se habrá ido a la cama?

—Nadie duerme si necesito algo —respondió Damen con una sonrisa.

Kassiani sonrió también, divertida por su arrogancia.

–Eres tan humilde…

–Venga, quiero picar algo y la mitad de la diversión es saquear la nevera y la despensa.

La cocina era sorprendentemente grande, con una enorme isla en el centro. Los electrodomésticos eran nuevos, brillantes, todos cromados, y las encimeras de mármol eran de color marfil con vetas de color caramelo.

–Qué cocina tan bonita. La del yate de mi padre no tiene ojos de buey y, además, los electrodomésticos parecen de hospital. Esto es como una mansión.

–El chef es muy exigente. No subiría a bordo si no tuviese los electrodomésticos que ha exigido.

–Mi padre despide a los empleados continuamente. No le importa reemplazarlos.

–La mayoría de mis empleados llevan años conmigo. Me gusta estar rodeado de gente que conozco y con la que sé que puedo contar.

Kass se quedó sorprendida. Tenía la impresión de que Damen no se ataba a nada ni a nadie.

Él sacó varios tarros de aceitunas de la despensa y, después de abrir uno de ellos, puso una aceituna diminuta entre sus labios.

–Riquísima –dijo ella.

–Algunos las llaman aceitunas de Creta, pero también crecen en Adras. Estas otras son de Nafplio, unas de mis favoritas. La textura es firme y un poco crujiente y el sabor algo ahumado. Están muy ricas con limón y eneldo.

Kassiani se metió la aceituna en la boca. Tenía razón, era crujiente y salada.

–Me encanta.

–No hay nada mejor que aceitunas y pan. Ahora solo nos hace falta el pan –murmuró él, volviendo a la despensa–. El chef suele dejarlo aquí, pero no lo veo.

–Espera, voy a mirar.

Cuando pasó a su lado, él la tomó por la cintura con una mano, sujetando su nuca con la otra.

Kass sintió una descarga eléctrica cuando bajó la cabeza para apoderarse de sus labios, abriéndoselos con la lengua, reclamando su boca, haciendo que se le doblasen las rodillas.

Jadeando, levantó los brazos para enredarlos en su cuello. Damen la sujetaba con firmeza y ella disfrutaba del roce del duro cuerpo masculino y de la seductora promesa del rígido miembro contra su vientre.

Nada en su vida la había preparado para aquel deseo. Estar entre los brazos de Damen la hacía sentirse poderosa y vulnerable al mismo tiempo y quería ser ella misma, completamente real. ¿Eso era amor o lujuria? No lo sabía.

Lo que sentía con Damen era tan increíble y arrollador que no se podía imaginar sentirlo con nadie más. Era como si estuviese hecho para ella. Le encantaba su aroma varonil, su piel, su cuerpo. No quería decepcionarlo y solo se sentía viva en su compañía.

¿Eso era normal? ¿Por qué sentía aquel abrumador deseo por él?

Kass metió una mano bajo la camisa para tocar la ardiente piel de su torso. Quería besarlo, apretarse contra él y no soltarlo nunca.

Damen la empujó contra la encimera de mármol para besarla en el cuello, provocando un incendio entre sus piernas. Gemía, impotente, mientras la besaba y la mordía.

Damen, excitado por sus gemidos, metió una rodilla entre sus muslos y empujó hacia arriba hasta que la hizo gritar.

–Las cámaras de seguridad –dijo luego, jadeando, mientras se apartaba para pulsar un botón en la pared–. No hace falta que demos un espectáculo.

Kass sonrió, sin aliento.

–Sería un buen espectáculo.

–Me dejas de piedra.

–Pero te gusta –dijo ella mientras Damen cerraba la puerta de la cocina–. Te gusta que no me canse de ti.

Hicieron el amor sobre la encimera de mármol. Él la tomó de tantas formas diferentes y perversas que Kass rezaba para que la cocina estuviese insonorizada. Aprovechó las aceitunas para hacer gotear el aceite sobre sus pechos, su vientre y sus muslos. Y, después de hacerla terminar en su boca, usó el aceite como lubricante para explorar sus zonas más sensibles.

El placer era tan abrumador que terminó llorando después del último orgasmo. No sabía por qué lloraba, solo sabía que sentía como si estuviese fuera de su cuerpo. Sentía a Damen por todas partes, aunque ya no estaba dentro de ella. Sentía su huella y su posesión e intentó ocultar las lágrimas.

–Estamos pringosos –murmuró cuando la abrazó.

–El chef tendrá que desinfectar la encimera mañana.

Ella se rio, insegura, y Damen secó sus lágrimas con la yema de los dedos.

–Tal vez me esté pasando. Me temo que a veces soy… demasiado.

–Estoy bien, mejor que bien.

–No quiero hacerte daño –dijo él con voz ronca.

–Pero te gusta lo prohibido.

–Eso es verdad, pero lo que hagamos depende de ti. Supongo que presionaré para ver dónde pones el límite.

–No quiero que haya límites entre nosotros. Quiero confiar en ti –dijo ella, respirando el aroma de su piel. Damen la hacía sentir que aquel era su sitio y no recordaba un solo momento, una sola persona, que la hubiera hecho sentir así–. Mi objetivo es confiar en ti para que tú confíes en mí.

Él se apartó un poco, pero sin soltarla.

–No te enfades, pero me cuesta mucho confiar en la gente. Por eso, cuando encuentro empleados en los que confío hago lo posible por conservarlos. Les pago bien y recompenso su lealtad porque es vital que se queden. Cambiar me hace sentir incómodo.

–Pronto descubrirás que puedes confiar en mí. Y no solo porque sea tu esposa, sino porque me importas.

Él dio un paso atrás entonces, mirándola con una expresión indescifrable.

–Prefiero que no digas esas cosas, si no te importa.

Kass parpadeó, confusa.

–No te entiendo.

–No confío en los extraños. No confío en la gente en general –dijo Damen–. Y, sobre todo, no confío en las palabras. Los actos importan más que cualquier cosa que puedas decir. Así que, por favor, no uses palabras de afecto. No me digas que te importo, no lo creo. Muéstrame que eres una esposa leal y, con el tiempo, tus actos revelarán si es verdad.

Kassiani lo miró, con un nudo en la garganta. Su tono era helado, sus facciones parecían talladas en piedra. Ese hombre duro, sin sentimientos, la asustaba mucho más que los juegos de poder en la cama.

Le gustaría salir corriendo, ¿pero dónde? Aquello no era una cita. Él no era su novio, sino su marido. Tenía que hacer que aquello funcionase, tenía que encontrar un terreno común.

—Llevamos varios días juntos y es natural que empiece a sentir algo por ti...

—No —la interrumpió él con sequedad—. No confío en los sentimientos. ¿Por qué vas a sentir nada por mí? Yo no te doy afecto, no soy tierno en la cama. Te uso como usaría a una amante... te lo advertí la primera noche, Kassiani. Te dije que era duro y lo soy. Y me da placer ser despiadado, me excita.

—Sí, lo sé, lo has dejado sobradamente claro —replicó ella, intentando disimular su frustración—. Pero que te guste el sexo de cierta manera no te convierte en una mala persona.

—Pero es que soy una mala persona.

—Yo no he visto pruebas de eso.

—¿Ah, no? —Damen deslizó una mano por su torso y su abdomen para sujetar su miembro, duro y erecto—. ¿Haría esto un tierno novio? ¿Disfrutaría escandalizando a su mujer?

Kassiani se encogió de hombros.

—No lo sé y me da igual. No me intimidas. Eres mi marido.

—Entonces no eres tan inteligente como había pensado porque yo soy peligroso, soy destructivo. Deberías tener cuidado.

Sus palabras la dejaron atónita. No entendía cómo podía ser tan sensual y apasionado para volverse frío y destructivo un minuto después, pero no iba a quedarse allí escuchándolo. Para empezar, porque no lo creía. Damen no era un monstruo.

Tomó el camisón del suelo, apretando los labios para contener las emociones, y lo miró a los ojos.

—Gracias por tu atención y por tus consejos. He tomado nota de tus deseos, pero igual que yo no puedo controlarte, tú no puedes controlarme a mí.

—No quiero sentimientos en esta relación.

—Haré lo posible para no expresar mis sentimientos y nuestros encuentros sexuales serán como los que tanto disfrutas con tus amantes. Y ahora, por favor, abre la puerta. Necesito ducharme.

Kass dio vueltas en la cama durante toda la noche, incapaz de conciliar el sueño. Estaba furiosa, pero, si Damen pensaba que podía someterla a sus deseos, iba a llevarse una sorpresa.

No había sobrevivido a la familia Dukas para convertirse en un felpudo. Tal vez no podría ser lo que él quería que fuese, pero sería lo que necesitaba. Y, lo supiera o no, Damen Alexopoulos estaba muy necesitado.

Golpeó la almohada con los puños, resoplando al recordar cómo había hablado de sus amantes.

¿Pensaba que iba a sentir celos? ¿Pensaba que eso iba a dolerle, a ofenderla?

Los hombres como Damen preferían tener amantes en lugar de novias porque les gustaba el poder, porque querían controlar las relaciones.

De hecho, había sido una de sus antiguas amantes quien le aconsejó a su hermana que se hiciese la cera porque a Damen no le gustaba el vello corporal.

Kassiani se levantó tarde al día siguiente y lo primero que notó al saltar de la cama fue que el yate estaba inmóvil. Cuando apartó las cortinas descubrió que habían echado el ancla en un puerto que ella conocía, el de Mykonos.

Le sorprendió que estuvieran allí porque Damen había dicho que no quería llevarla donde había pensado llevar a Elexis, pero agradeció la oportunidad de explorar la isla, de modo que se vistió rápidamente y salió de la habitación para buscar a su marido.

–Buenos días –lo saludó, decidida a empezar el día con buen pie–. ¿Qué planes tenemos para hoy?

–Iremos a Chora, un pueblo tradicional de la zona. He pensado que podríamos pasear por las calles, visitar mi restaurante favorito y luego hablar de negocios.

–¿Hablar de negocios? –repitió ella, sorprendida–. ¿Te refieres a la fusión con la empresa de mi padre?

–No, me refiero a nuestra relación.

Kassiani intentó disimular su desilusión.

–Para eso necesito un café bien fuerte.

Tomaron la lancha para ir al muelle y recorrieron las estrechas calles del pueblo hasta un café con mesas en la terraza.

–Tienen el mejor *baklava* del mundo –dijo Damen–. Pero como desayuno te recomiendo un cruasán de jamón y queso o el pastel de espinacas y queso feta.

–¿Hemos venido para hacer turismo o para hablar? –le preguntó ella, recelosa.

Damen odiaba robarle la alegría, pero tenía que controlar la relación antes de que le explotase en la cara.

La noche anterior había sido un desastre y se culpaba a sí mismo por haber dejado que Kassiani se acercase demasiado. Ella quería más y él no tenía nada que dar. Había llegado a su límite y tenía que aceptarlo.

Casada con él tendría ventajas de las que no dispondría como mujer soltera, viviendo en casa de su padre, pero no era un matrimonio por amor ni una relación de amistad. Él no necesitaba una amiga y tampoco iba a ser nunca un marido cariñoso.

En el pasado, siempre había tenido un contrato con sus amantes que especificaba cómo iba a funcionar la relación, qué debían esperar de él y cómo serían recompensadas. Nada de sentimientos o emociones. Era un acuerdo beneficioso para ambos que podía terminar cuando cualquiera de los dos lo desease.

Eso era lo que necesitaba ahora, salvo la cláusula sobre el final de la relación. No habría divorcio para ellos, pero el contrato dejaría claras cuáles eran sus necesidades y expectativas. Estaba seguro de que Kassiani pondría objeciones, pero sería bueno para ella porque de ese modo lo entendería mejor.

A él no le gustaban las sorpresas y odiaba sentir… lo que fuera que sentía en ese momento. No diría que era un ataque de pánico porque él ya no tenía ataques de pánico, pero la odiosa sensación le hizo recordar al impotente crío de catorce años que había sido una vez… y Damen despreciaba a ese niño.

Despreciaba su debilidad y los recuerdos del pasado aún conseguían hacerlo sentir indigno, patético, por eso no permitía que nada escapase a su control.

Necesitaba que Kassiani obedeciese las reglas para poder cerrar la puerta del pasado.

–¿Qué es eso, un itinerario, un acuerdo postmatrimonial o algo más interesante? –le preguntó ella al ver que sacaba un documento del bolsillo.

–Es un acuerdo que podría ser útil para los dos –respondió Damen–. Siempre lo he tenido en previas relaciones porque evita malentendidos.

—Ah, qué práctico —dijo Kassiani, conteniendo el deseo de soltar una carcajada.

¿De qué estaba hablando? No podía referirse a sus antiguas amantes otra vez. ¿O habría habido una relación importante de la que ella no sabía nada?

—No me importa leerlo en voz alta y si necesitas que te explique algo…

—No creo que sea necesario —lo interrumpió Kass—. La comprensión lectora es una de mis infrautilizadas capacidades.

Tardó solo unos segundos en entender que era un contrato estipulando lo que esperaba de ella en términos de comportamiento.

Cuando terminó de leer, dejó el documento sobre la mesa y se echó hacia atrás en la silla, mirando a Damen con expresión preocupada.

—¿Qué crees que vas a conseguir con este documento?

—Simplificará las cosas entre nosotros.

—¿Cómo?

—Tú entenderás lo que necesito de ti y no te llevarás sorpresas ni desilusiones.

—Supongo que este es el documento que has usado con tus amantes. Me imagino que sería útil para ellas, pero no lo es para nosotros y no pienso firmarlo porque es absurdo. Tú no puedes decirme lo que debo sentir o si puedo tener sentimientos. Yo no soy una prostituta ni una amante, soy tu mujer.

—Este no es un matrimonio por amor. Yo no te quiero y no te querré nunca. Ni siquiera deseo que menciones la palabra «amor».

Kassiani soltó una carcajada.

—Yo no la he mencionado nunca. Solo dije que me importabas. Había aceptado que tienes una piedra en lugar de corazón, pero esa obsesión por controlar mis sentimientos me hace pensar que también tienes una piedra en lugar de cerebro.

—Kassiani…

—Yo no soy una de tus amantes —lo interrumpió ella—. No necesito tu dinero, pero gracias por tan generosa oferta. Es muy original ofrecer dinero a cambio de que oculte mis sentimientos por ti.

Después de decir eso, se levantó de la silla y se abrió paso entre las mesas de la terraza para salir a la calle.

Damen llegó a su lado un minuto después y la tomó del brazo.

—¿Dónde vas?

—Vuelvo al barco. No me apetece hacer turismo contigo en este momento.

—No puedes alejarte de mí cada vez que no te gusta algo de lo que digo.

—Claro que puedo —le espetó ella—. No creo que vaya a ser una tradicional esposa griega. Soy grecoamericana y, evidentemente, más americana que griega porque cuando he visto ese documento me ha dado la risa. Es ridículo, Damen. Yo jamás he aceptado cederte el control de mi vida o de mis sentimientos.

—Pero debes entender que tus emociones me hacen sentir incómodo

—¿Por qué? Hablas como si estuviese llorando y montando dramas todo el día —Kassiani sacudió la cabeza—. Tus amantes debían de ser un dechado de virtudes.

—No lo eran, pero entendían las limitaciones de nuestra relación y no hacían demandas excesivas.

—Porque tú pagabas sus facturas, pero yo tengo mi propio dinero. Me dan igual tu yate, tus casas y tus coches porque he crecido rodeada de cosas caras. Lo que quiero de ti es amabilidad, respeto. Quiero un matrimonio que sea una sociedad…

–Yo no formo sociedades.

–Mi padre cree que sois socios e hiciste pensar a Elexis que vuestro matrimonio iba a ser una especie de sociedad mutuamente beneficiosa.

–Porque ella se habría conformado con los regalos y los viajes a Londres, Nueva York y Milán durante la semana de la moda. No habría esperado nada más.

–Desde luego que no. Ella no habría sido fiel y a ti te habría dado igual porque harías lo mismo. Cada uno iría por su lado, viviendo vidas separadas. Eso es lo que quieres, ¿no?

–Kassiani…

Ella dio media vuelta, sin decir nada más. Volvió al yate en la lancha y pidió a un auxiliar que sacase sus cosas del dormitorio y las llevase a un camarote.

Si Damen quería un matrimonio tendría que ser una sociedad o no sería. Disfrutaba de los juegos eróticos y podía soportar que fuese dominante en el dormitorio, pero no iba a ser un felpudo.

Ella no era guapa ni admirada, pero se negaba a sentirse despreciada por su marido.

Después de una hora paseando por el pueblo, Damen volvió al yate, pero Kassiani no estaba en la habitación y un auxiliar le dijo que había llevado sus cosas a uno de los camarotes.

No sabía qué le disgustaba más, que se hubiera ido del dormitorio o el anuncio de que tenía su propio dinero y no necesitaba el suyo para nada. Claro que tenía dinero, era una heredera.

Furioso, se dirigió al camarote y llamó a la puerta. Kassiani tardó un siglo en abrir y, cuando por fin lo hizo, llevaba un pantalón de yoga y una camiseta, con el pelo suelto cayendo sobre los hombros.

–Hola, Damen. ¿Qué tal la mañana? –le preguntó, con expresión inocente.

Damen tuvo que respirar profundamente para controlar su impaciencia. No quería pelearse con ella. No habría ninguna escena.

–¿Te gusta tu camarote? –le preguntó. Él podía jugar al mismo juego. Si Kassiani quería que fuesen civilizados, lo serían–. Espero que sea cómodo. La cama es más pequeña y no tiene cubierta propia ni jacuzzi, pero si te apetece darte un baño puedes usar el del dormitorio principal.

–O puedo ir al spa. Estuve el otro día y es maravilloso. ¿Querías algo?

Kassiani no se dejaba amilanar y, a regañadientes, tenía que respetarla por ello.

–¿Vas a invitarme a entrar o tengo que llevarte en brazos al dormitorio?

Ella arrugó la nariz. Pareció pensárselo, inclinando a un lado la cabeza.

–Pues… no sé si recuerdo bien los detalles del acuerdo. Decía algo así como que debía estar dispuesta a mantener relaciones sexuales cuando tú quisieras. ¿Eso es lo que crees que voy a ser? ¿Una esposa bajo demanda? –le espetó–. Porque, si eso es lo que crees, vas a llevarte una decepción.

Le parecía increíblemente seductora en ese momento. El problema no era que no la encontrase deseable, al contrario. No había nada en su cuerpo que no le gustase, pero nunca le había parecido más bella que en ese instante. Kassiani enfadada era absolutamente arrebatadora y el desafiante brillo de sus ojos lo excitaba como nunca…

Tal vez porque era la primera mujer que le había hecho frente.

—El acuerdo no dice eso, Kass.

—¿Ah, no? Creo que debería hacerte un tutorial para que me entiendas, Damen. Me gusta estar en tu cama cuando me tratas como a una igual. Me gusta estar en tu cama cuando me respetas, pero no pienso acercarme a ti si me tratas como si fuera un objeto, como si fuera una posesión. Yo no soy propiedad tuya.

—Estás exagerando. Firmar ese acuerdo sería beneficioso para los dos.

—Sí, claro, y recibiré una bonificación si soy sumisa y no exijo nada —Kass hizo una mueca—. No te gustan mucho las mujeres, ¿no?

Damen se encogió de hombros.

—No me gusta nadie.

—¿Y qué te ha pasado para que seas así? Hay gente egoísta y arrogante en el mundo, pero yo creo que lo tuyo es un…

—No tengo interés en discutir mi personalidad —la interrumpió él, apoyando un hombro en la puerta.

—Un trastorno de la personalidad es lo que iba a decir.

—Ni el trastorno que tú quieras asignarme.

Ella soltó un bufido y, por alguna razón, eso lo encendió más. ¿Qué tenía aquella mujer que lo excitaba incluso en medio de una discusión?

Él no permitía críticas de nadie. No toleraba disensiones, pero con Kassiani era increíblemente paciente y tolerante.

Damen sonrió, sabiendo que su sonrisa la provocaba.

–Me dan igual las etiquetas. Soy quien soy y punto.

Esperó para ver cuál era su reacción, sintiendo curiosidad. Y eso también era algo que no le pasaba nunca. ¿Qué extraño poder tenía Kassiani sobre él?

Ella levantó la barbilla, echando chispas por los ojos.

–Ese es tu problema.

–Invítame a entrar –sugirió Damen con aparente despreocupación.

Aunque no se sentía despreocupado; al contrario, su rígido miembro parecía querer escapar del pantalón. Quería enterrarse en ella y hacer que se arquease y gimiese de placer.

–¿O qué? ¿O reducirás mi asignación? ¿Qué consigo yo de este matrimonio, aparte de dinero? ¿Cuál es el incentivo, Damen? Yo no necesito tu dinero, lo que necesito es algo que no pueda darme a mí misma.

De repente, la excitación que había sentido desapareció. Ya no le apetecía bromear ni sonreír.

–¿Qué estás diciendo?

–Que me he casado contigo buscando compañía y amistad. Me casé contigo para tener a alguien con quien compartir mi vida, no para que tú me controles y me hagas sentir insignificante. Mi padre lo ha hecho durante años y no voy a permitirlo nunca más –le espetó Kassiani–. Espero mucho más de ti. De hecho, exijo más de ti.

Eso fue como un jarro de agua fría y Damen se apartó de la puerta con gesto serio.

–Esa no es la forma de atraerme a tu cama. Yo no respondo bien a las exigencias de nadie.

–Quiero que me tomes en serio. Quiero que me respetes como yo te respeto a ti.

–Pues no pareces muy respetuosa ahora mismo. Más bien te comportas como una niña rica y mimada que se cree con derecho a conseguir lo que quiere.

–Igual que tú entonces.

–Si tú lo dices… –replicó él, encogiéndose de hombros antes de dar media vuelta.

Kassiani se negaba a llorar. No iba a hacerlo, se dijo mientras cerraba la puerta. Pero su camarote, aunque lujoso, era como una jaula en la que se sentía atrapada, de modo que bajó a la cubierta para mirar el mar e intentar calmarse.

Damen, el rey del universo, había dicho que era una niña mimada. Evidentemente, su marido no la conocía.

Capítulo 8

KASSIANI se puso un bañador y se dirigió a la piscina del yate con uno de los libros que había llevado en la maleta. La temperatura era muy agradable y disfrutó de la brisa y del sonido de las olas rozando el casco. El mar Egeo era precioso y le encantaba cómo el color zafiro del agua se volvía turquesa cuando pasaban cerca de alguna isla.

Era una pena que no hubieran pasado más tiempo en Mykonos. Era una pena que Damen y ella no pudieran llevarse bien. Él quería una esposa que no hiciera exigencias, pero ella no quería recibir dinero a cambio de ser complaciente. No era así como se forjaba una relación.

Después de nadar un rato en la piscina, Kass se tumbó en una hamaca e intentó leer, pero no dejaba de pensar en Damen.

Algo le había pasado en algún momento de su vida que lo había hecho tan desconfiado. Algo terrible.

No sabía lo que era y desearía que no le importase, pero le importaba porque, cuando no estaban discutiendo, disfrutaba mucho de su compañía. Damen era un hombre inteligente, ambicioso y muy guapo y eso lo hacía fascinante.

Como si lo hubiera conjurado, él apareció en ese momento.

–¿Puedo sentarme en esa hamaca?

–Estaba guardándola para mi marido, pero está trabajando.

–¿Tu marido trabaja en su luna de miel?

–Trágico, sí –respondió ella–. Pero es un hombre muy brillante, así que intento ser comprensiva.

–¿En serio?

–En serio. Y, por favor, no se lo digas porque no quiero disgustarlo, pero me cae bien –Kassiani esbozó una sonrisa–. ¿Sigues queriendo la hamaca?

Damen sonrió y las arruguitas que se formaron alrededor de sus ojos lo hacían parecer más joven, menos serio.

–No sé si a tu marido le gustaría que fueras contando secretos a cualquier desconocido.

–No, él quiere tenerme atada y tal vez ponerme unas pinzas en los pezones…

–¡Kassiani! –exclamó Damen, soltando una carcajada mientras se dejaba caer sobre la hamaca–. Esas cosas no deben mencionarse fuera del dormitorio.

–Cuántas reglas –Kassiani dejó escapar un suspiro–. Deberías pedirle a tu secretaria que las ponga por escrito y las guarde en una carpeta para que pueda revisarlas cuando tenga alguna duda.

Él se rio de nuevo, sacudiendo la cabeza.

–No te pareces nada a tu hermana.

–Desde luego que no. Me parezco a la hermana de mi padre, una mujer incomprendida.

–Como tú.

–Mi tía Calista era más guapa, pero creo que nunca fue feliz.

–Yo quiero que seas feliz, Kassiani –dijo Damen entonces–. Pero no es fácil, ¿verdad?

Ella negó con la cabeza.

–Y yo no puedo cambiar para ser lo que tú quieres que sea.

–Yo no quiero que cambies.

Kass miró el precioso mar con el corazón pesado. Damen la desconcertaba. A veces era imposible y, sin embargo, lo encontraba muy seductor. Ojalá no se sintiera tan atraída por él, así todo sería más fácil. Pero tenía un aspecto tan varonil con esos pantalones de lino y esa camisa abierta en el cuello… La tela se pegaba a sus bíceps y a su torso como si fuera una segunda piel y se le aceleró el corazón.

–Entonces, ¿qué vamos a hacer? –le preguntó ella.

–Yo no tengo amigos. Tal vez podríamos intentar ser amigos.

–Muy bien. ¿Empezamos ahora mismo?

–Como quieras. Y ya que vamos a ser amigos, ¿te gustaría cenar conmigo esta noche? Nos veremos en el salón para tomar un cóctel y charlar un rato antes de la cena.

Kass le ofreció su mano.

–Trato hecho.

Esa noche, después de maquillarse con más cuidado del habitual, sacó del armario el vestido que había pensado ponerse para la boda de Damen y Elexis, una túnica de seda en color burdeos con pedrería negra en el escote. Después de sujetarse el pelo en una coleta, se puso unas sandalias de tacón alto. Se sentía glamurosa incluso antes de completar el atuendo con unos pendientes largos de azabache.

Llegó antes que Damen al salón y salió a la cubierta para disfrutar de la brisa. El cielo era de un tono morado y, en la distancia, podía ver las luces de las islas. Las hermosas islas griegas, llenas de luz y de vida.

Era un espectáculo precioso, pero debería haber llevado un chal, pensó mientras volvía al salón, donde una joven camarera estaba pasando un paño por las mesas. La joven dio un respingo al verla y Kassiani se disculpó por haberla asustado.

—¿De dónde eres?

—De Adras. Es una isla muy pequeña que está cerca de Chios.

—¿No es de allí el señor Alexopoulos?

La joven asintió.

—Y no soy la única. Gran parte de la tripulación es de allí. El señor Alexopoulos siempre intenta dar trabajo a la gente de la isla.

Kassiani se quedó sorprendida. Tenía la impresión de que Damen no mantenía lazos con su antiguo hogar.

—¿Llevas mucho tiempo trabajando aquí?

—Dos años, desde que terminé el instituto. Esa es la regla del señor Alexopoulos. Ayuda a todos los que buscan trabajo, pero antes tienen que terminar sus estudios. Dice que la educación es muy importante.

Kass se quedó agradablemente sorprendida.

—¿Las chicas también?

—Especialmente las chicas. Dice que es vital que las mujeres tengan opciones —la joven sonrió—. Aunque para eso tienes que irte de tu casa y no siempre es fácil.

—Pero me imagino que volverás durante las vacaciones.

—Sí, claro, el señor Alexopoulos nos da tres semanas de vacaciones pagadas. Es el mejor jefe del mundo. Todo el mundo quiere trabajar para él.

Kassiani estaba a punto de preguntarle si él también volvía a casa alguna vez cuando Damen apareció, tan guapo como siempre con un pantalón negro y una camisa abierta en el cuello.

La joven camarera se despidió a toda prisa y salió del salón.

Kassiani miró a su marido.

«Su marido».

Seguía resultando tan extraño que aquel hombre tan varonil, tan arrebatador, fuera su marido.

—Esa chica me ha contado que te preocupas mucho por la gente de Adras.

—Intento hacerlo.

—Me gustaría que tú me contases esas cosas, Damen. He descubierto más sobre ti en cinco minutos que en todos los días que llevamos juntos.

—No me gusta hablar de mí mismo.

Kassiani se sentó en uno de los sofás y pasó delicadamente la mano por la falda del vestido.

—¿No crees que nos ayudaría que te conociese un poco mejor?

—Tal vez –admitió él, dirigiéndose al bar–. ¿Qué quieres tomar?

Ella arrugó la nariz.

—Yo no bebo mucho.

—¿Algo afrutado y burbujeante?

—Muy bien.

Damen le sirvió una copa de champán de un precioso color rosado.

—Me gusta. ¿Qué es?

—Champán con un chorrito de Chambord. Es un cóctel inspirado por tu vestido. Estás preciosa esta noche.

Ese halago, tan infrecuente para ella, hizo que a Kass le diese un vuelco el corazón.

—Gracias –murmuró–. La verdad es que esta noche me siento guapa y eso no me pasa a menudo.

—Me gustaría cargarme a la persona que te ha hecho

sentirte así. Eres preciosa, Kassiani. Eres preciosa por dentro y por fuera.

Ella abrió la boca para discutir, pero se lo pensó mejor.

—Gracias —repitió—. La chica me ha dicho…

—Neoma —la interrumpió él.

—Neoma me ha dicho que suele volver a casa en vacaciones. ¿Tú vuelves a Adras alguna vez?

—Adras no es mi casa.

—¿No tienes olivares allí?

—Todos los olivares de Adras son míos.

—¿Todos?

—Soy el propietario de Adras. Compré la isla hace unos años.

—¿En serio?

—Antes también era de propiedad privada, aunque he complicado las cosas animando a la gente a buscar alternativas de negocio. Pensé que sería mejor para los vecinos de Adras. Así que, aunque muchos trabajan para mí, tienen otras opciones.

—Pero la mayoría de los ingresos proviene de los olivares, ¿no?

—Así es.

—¿Hay turismo?

—Siempre ha habido algo de turismo durante el verano, pero hace unos años media docena de los más intrépidos vecinos crearon un programa de vacaciones de trabajo y ha tenido tanto éxito que este año está todo reservado hasta el otoño.

—¿Qué son las vacaciones de trabajo?

—Los turistas van a Adras durante la época de la cosecha para ayudar a los vecinos. Se alojan en las casas del pueblo, comen la comida tradicional y, a cambio, los ponemos a trabajar recogiendo aceitunas.

–¿La gente paga por hacer eso?

–De hecho, pagan un buen dinero por el privilegio de recoger aceitunas. No son turistas que quieran ser mimados en un crucero, sino gente que quiere vivir una experiencia diferente y ser parte de la cultura griega. Además de trabajar, exploran la isla en bicicleta, van a la playa y se gastan dinero en el pueblo.

–¿No te importa que vaguen por tu isla?

Damen se encogió de hombros.

–Yo no pienso en Adras como mi isla. La compré para devolvérsela a la gente de Adras.

–¿Sabes una cosa? Me parece una idea fantástica y me encantaría hacerlo.

–¿Te encantaría recoger aceitunas?

–¿No lo has hecho tú?

–Eso es diferente. Yo nací en el pueblo, tú eres una Dukas…

–¿Qué tiene eso que ver? Soy griega y la recogida de la aceituna es sagrada en Grecia.

–Es un programa para turistas que quieren vivir experiencias diferentes, no para mi mujer. Las mujeres como tú no pisan los olivares ni el molino.

–¿Por qué no? Encerrarme en tu villa solo crearía distancia con la gente del pueblo.

–Como tiene que ser. Los vecinos de Adras no son tus amigos y tampoco tus juguetes. Tienen sus propias vidas y tú no formas parte de ellas.

Kassiani lo miró, perpleja.

–Eso es muy ofensivo.

–Tal vez, pero es mejor aclararlo cuanto antes porque hablo en serio. Y, si eso es un problema para ti, sencillamente no iremos a Adras.

–Tienes una ridícula necesidad de controlarlo todo –le

espetó ella, saltando del sofá–. Y si crees que dándome órdenes vamos a acercarnos estás muy equivocado.

–No entiendo tu obsesión por «acercarte».

–¡No es una obsesión!

–Kass, este podría ser un buen matrimonio. Tenemos una buena relación física, satisfactoria para los dos…

–Es sexo, Damen.

–Un sexo estupendo.

–Pero solo es sexo, nada más. Cualquier conversación fuera de la cama está cargada de tensión porque tú no quieres que piense o que tome mis propias decisiones. Para ti, una esposa es poco más que una muñeca hinchable.

–¿Es así como se hablan los amigos? En serio, yo no tengo muchos. ¿Es esta la forma de ser amigos?

Kassiani se dio cuenta de que hablaba en serio. Quería saberlo. ¿De verdad no tenía amigos? ¿Nadie cercano?

Suspirando, volvió a sentarse en el sofá.

–Eso depende –respondió–. Los amigos de verdad son sinceros y quieren lo mejor para el otro, te entienden e intentan apoyarte.

Damen la miraba con el ceño fruncido.

–Entiendo.

–Me imagino que tendrías amigos cuando eras niño, ¿no?

–Sí, pero… ya no están.

–¿Qué pasó?

Él se encogió de hombros.

–Me convertí en lo que soy –respondió antes de pasar a su lado para salir a cubierta.

Capítulo 9

DAMEN se inclinó sobre la barandilla, con la mirada clavada en el agua, observando el lento batir de las olas sobre el casco.

Se sentía cansado, frustrado. De verdad quería tener una buena relación con Kassiani, pero no sabía cómo ser la persona que ella quería que fuese.

Ella no entendía que su pasado no era un cuento de hadas. Sí, era un hombre hecho a sí mismo, pero para llegar a serlo tuvo que recorrer un tortuoso camino. Había conseguido todo lo que tenía porque debía hacerlo. Si no se hubiera convertido en alguien poderoso, importante, se habría desmoronado. Si no hubiese canalizado su furia planeando una venganza, habría sido tragado por la ira y el dolor.

Y, por eso, canalizó su furia una y otra vez hasta que se convirtió en una disciplina: «Cabeza baja, boca cerrada, trabaja más, esfuérzate más».

«Cabeza baja, boca cerrada, trabaja más, esfuérzate más», hacía milagros.

«Cabeza baja, boca cerrada, trabaja más, esfuérzate más», podía cambiar el mundo.

O, al menos, conseguir que aquellos que, como él, se sentían impotentes y heridos tuviesen una salida. Y lo había conseguido. Había cambiado el futuro de la gente de Adras, especialmente el de las chicas, que no tendrían que estar nunca en la posición en la que él había estado, atrapado, acorralado.

Pero saber lo que había conseguido no aliviaba su inquietud. Él nunca aceptaba nada menos que la victoria, pero Kassiani lo presionaba continuamente. No se sentía cómodo lidiando con sus emociones, pero eso no significaba que no estuviese intentándolo. Porque estaba intentándolo. Por eso había ido a buscarla a la piscina y por eso había querido que cenasen juntos y le había pedido al chef que hiciese una cena especial. Estaba dispuesto a hacer un esfuerzo, pero, si Kassiani de verdad quería intimidad, tendría que darle tiempo.

No iba a conseguir nada de él presionándolo. Si de verdad quería algo más, tendría que dar un paso atrás.

Cuando Damen salió a la cubierta, Kassiani se sentó en el sofá y dejó caer los hombros.

No sabía cómo ser la esposa que él necesitaba. Solo sabía cómo ser ella misma.

Tal vez si tuviese más experiencia todo sería más fácil. O si Damen le importase menos. Desde luego, sería más fácil si no quisiera hacerlo feliz. Tal vez ella era el problema, con sus miedos y sus inseguridades.

Pero quería hacerlo feliz. Damen era difícil, exigente y dominante, pero también era muy guapo, fascinante, enloquecedor y adictivo.

Cuando volvió a entrar en el salón, Kass sintió que algo dentro de ella se encendía. Cuando no estaban juntos se sentía inquieta, incompleta.

–No te has ido –dijo Damen.

–No, claro que no. Al parecer, disfruto de los conflictos más de lo que debería.

Él esbozó una sonrisa.

—Creo que te gusta pinchar, pero supongo que a mí me pasa lo mismo.

—No es mi intención ser difícil, pero supongo que no puedo evitarlo.

—No eres difícil. Eres quien eres y me gustas.

—¿De verdad?

—Eres mi mujer —respondió Damen—. En el acuerdo no decía que debiéramos gustarnos el uno al otro, pero me gustas porque sí —agregó, enarcando una ceja—. ¿O también vas a discutir eso?

Kass negó con la cabeza.

—No, claro que no.

—¿Te apetece cenar antes de que te convierta en el postre? Creo que deberíamos comer algo.

—Muy bien —asintió ella, sonriendo. Sentía mariposas en el estómago y tenía el pulso acelerado. Le gustaba tanto aquel hombre…

—¿En qué estás pensando?

—En lo guapo que eres.

—Me halagas.

—No, en serio. Me imagino que tendrás a las mujeres comiendo de tu mano.

—Me dan igual otras mujeres, solo me importas tú —dijo él, levantándole la barbilla con un dedo—. Eres mi mujer y te seré fiel. No tendré amantes, no habrá aventuras. Te prometo fidelidad y espero lo mismo de ti.

—Claro que sí —respondió Kassiani, algo perpleja por su seriedad.

Pero Damen era un hombre serio. Y, evidentemente, marcado por algún episodio de su vida del que no quería hablar.

La cena fue deliciosa, desde las gambas *saganaki* a la pasta con vieiras. Kassiani comió hasta que no podía más... o más bien hasta que llegó el postre, un delicioso pastel griego de crema llamado *galaktoboureko* que se derretía en su boca.

Por fin terminaron de cenar y, cuando levantó la cabeza, descubrió que Damen estaba mirándola. La oscura intensidad de su mirada calentaba su sangre. Una sola mirada y se derretía.

–¿Qué estás pensando?

–Creo que lo sabes –respondió él.

–Dímelo de todas formas.

–Estoy cansado de hablar.

Kass esbozó una provocativa sonrisa.

–Y yo no me canso nunca –bromeó.

–Si sigues así, tendré que ponerte de rodillas... –musitó él, con un tono tan sensual que Kass tuvo que cerrar las piernas.

–Nunca te diría que no.

El ambiente se había vuelto tenso, cargado de deseo.

–¿Te he dicho que no eres tan recatada como parecías? –le preguntó él, levantándose de la silla.

–Creo que lo has comentado alguna vez.

Damen pulsó un botón en la pared y Kassiani oyó un «clic». El cerrojo de la puerta se había cerrado automáticamente.

–¿Aquí no hay cámaras de seguridad?

–Ya están apagadas –Damen le hizo un gesto con la mano–. Ven aquí.

Kass se levantó de la silla y se colocó frente a él, con la barbilla levantada y las cejas arqueadas.

–Más cerca.

Ella dio un paso adelante, con el pulso acelerado. Estaban prácticamente tocándose. Damen esbozó una sonrisa mientras le daba la vuelta para bajar la cremallera del vestido, que cayó al suelo, a sus pies, revelando un corsé de encaje negro con liguero a juego.

Damen contuvo el aliento.

—¿Qué es esto?

—Algo sexy para ti.

—¿De dónde lo has sacado?

—Lo compré en California. Si llevas un bonito vestido, también debes llevar ropa interior bonita, ¿no te parece?

—Desde luego —respondió él, deslizando las manos por sus caderas hasta la curva de su trasero—. Me estás poniendo a prueba.

—Y eso no te gusta —bromeó Kass, mientras le desabrochaba la camisa y deslizaba luego las manos hasta el cinturón para liberarlo de los pantalones.

Desnudo, Damen la tomó en brazos para llevarla a un sofá de cuero que había en una esquina del comedor. Se quedó mirándola un momento, en silencio, y luego sujetó sus manos con una de las suyas y las levantó sobre su cabeza. Con la otra mano exploró el satén negro de las bragas, buscando el húmedo calor entre sus piernas.

—Tan húmeda —musitó, rozando el delicado capullo con los dedos mientras empujaba el miembro rígido y pesado contra su vientre—. ¿Qué es lo que quieres, Kassiani?

—A ti.

Damen tuvo que usar las dos manos para rasgar las bragas por la mitad antes de besarla donde estaba tan húmeda y caliente. Su experta boca la llevó al orgasmo demasiado rápido. Después, levantó sus rodillas y se hundió en ella, encajando perfectamente.

Hicieron el amor en el sofá de cuero y luego, de

nuevo, en el dormitorio. Era más de medianoche y Kassiani estaba intentando decidir si debía volver a su camarote o quedarse a dormir allí.

–Quédate –dijo él, con voz ronca–. No quiero que mi mujer salga corriendo después de hacer el amor.

–Tú lo hiciste.

–Yo nunca corro.

–Pero te fuiste.

–No me gusta pasar la noche con nadie. No puedo dormir cuando estoy en la cama con otra persona. No es nada personal, te lo aseguro.

–¿Incluso de niño?

–Kass…

Kassiani se apretó contra él.

–Muy bien, nada de preguntas –murmuró, acariciando su torso.

Le gustaría quedarse así toda la noche. Le gustaba tanto estar a su lado. Después del sexo siempre estaba calmado, relajado. Era casi como si fuese un hombre diferente.

Estaba medio dormida cuando lo oyó preguntar abruptamente:

–¿Cuánto dinero tienes?

Kass frunció el ceño, intentando entender a qué se refería.

–El suficiente como para ser independiente económicamente.

–Nunca te hará falta. Mi obligación es cuidar de ti y protegerte –dijo él–. Soy responsable de ti y de la familia…

–Aún no tenemos una familia.

–Pero la tendremos y sé que serás una buena madre.

–Tú también serás un buen padre.

–No digas eso. Los amigos deben ser sinceros, ¿no?

–De verdad creo que serás un buen padre. Creo que aprenderás a ser más abierto…

–Yo no contaría con ello.

–Soy una optimista y no pienso rendirme –afirmó Kassiani, apoyando la cabeza en su torso–. Estoy decidida a conocerte mejor, pero nunca hablas de tu pasado ni de tu familia. ¿Por qué no, Damen?

–No me gusta el pasado, es el futuro lo que me interesa.

–Y lo entiendo, pero ¿no te das cuenta de que eres un misterio para mí? No sé nada sobre ti mientras que tú lo sabes todo sobre mí y mi familia.

–¿Quieres ver mi pueblo, la casa en la que nací?

–¿Lo dices en serio?

–¡No!

–¿Por qué no? Sería divertido. Me encantaría ver el sitio en el que naciste, el pueblo, las casas que alquilas a los turistas, los olivares…

–Para un poco –la interrumpió él–. No hablaba en serio, Kass.

–¿Por qué no?

–¿De verdad eso es lo que quieres hacer en tu luna de miel? ¿Visitar Adras en lugar de ir a Creta o Santorini?

–Me encantaría –respondió ella.

–Es una isla muy pequeña y rústica. Te llevarás una decepción.

–Seguro que no.

Cuando Damen le pidió al capitán que pusiera rumbo a Adras, Kass se emocionó. Pasó toda la tarde haciéndole preguntas sobre su infancia, aunque notó que él era selectivo con las respuestas. Lo había dejado pasar, pero faltaba una hora para que echasen el ancla y seguía sin saber nada sobre su familia.

—Venga —lo animó, apoyando un codo en la hamaca—. Cuéntame algo sobre tus padres. ¿Estarán allí? ¿Siguen viviendo en Adras?

Damen dejó escapar un suspiro.

—Mi padre murió hace diez años, pero mi madre sigue viviendo en el pueblo.

—¿Cómo se llama el pueblo?

—No tiene nombre, es solo el pueblo. O el pueblo de Adras.

—¿Y los vecinos saben que nos hemos casado?

—Sí, aunque algunos podrían seguir pensando que me he casado con Elexis.

Kass se quedó callada un momento.

—A veces se me olvida que deberías haberte casado con mi hermana.

—Por cierto, tengo que comprarte un anillo de compromiso con un gran diamante cuando volvamos a Atenas.

—Yo no necesito un gran diamante. Este me gusta, es mío.

—Pero tu hermana…

—Mi hermana y yo siempre hemos sido muy diferentes. En cierto modo la admiro porque es la persona que yo nunca podría ser, pero no fue fácil crecer a su sombra.

—Yo diría que es al revés. No puede ser fácil tener una hermana pequeña tan brillante y precoz.

—Elexis es guapísima. La gente se queda mirándola por la calle.

—A mí me gusta mirarte a ti.

El corazón de Kassiani estalló de alegría y esperanza al escuchar eso. Tal vez algún día entre ellos habría algo más que una relación física, tal vez habría sentimientos, amor.

De inmediato, intentó controlar tales pensamientos. No debería pensar en el amor. ¿Sería capaz de amarla algún día? ¿Sería Damen capaz de darle lo que necesitaba?

Con el corazón pesado, intentó concentrarse en otras cosas.

—¿Por qué no acudió a la boda tu madre?

—No le gusta viajar.

—Entonces, ¿por qué no nos casamos en la iglesia del pueblo?

—No, imposible. No hay hoteles en Adras, ni sitio para organizar el banquete…

—¿Tu casa no es lo bastante grande?

—Los vecinos del pueblo se sentirían incómodos si llegase un montón de gente importante. Mi madre especialmente. Mejor casarnos en Atenas y mantener esa parte de mi vida separada de mi madre.

—¿No se sintió dolida por haber sido excluida?

—Le ofrecí llevarla a Sunión, pero nunca ha viajado en avión y se niega a hacerlo. Le ofrecí enviar un barco, pero tampoco quiso. No le gusta estar fuera de su elemento y lo entiendo. ¿Por qué hacerla infeliz? Es una mujer muy sencilla y en su vida no hay sitio para gente rica y pretenciosa.

—Entonces, ¿solo la ves cuando vas a Adras?

—Sí.

—¿Y cuándo fue la última vez?

—En Navidad… —Damen lo pensó un momento—.

No, en las Navidades del año pasado. Hace algún tiempo que no nos vemos.

«Casi dieciséis meses», pensó Kass.

—¿Vas a presentármela?

—Antes de irnos, sí.

—¿No vas a presentármela cuando lleguemos?

—No hay prisa, prefiero que antes te familiarices con la casa.

—¿Te preocupa que no le guste a tu madre? Porque, si es así, no debes preocuparte. No me llevaré un disgusto.

—¿Por qué no ibas a gustarle? ¿No esperas que alguien disfrute de tu compañía?

Había algo en su tono que la hizo sonreír, casi parecía afrentado en su nombre.

—No es eso.

—Yo disfruto de tu compañía. ¿O eso no está permitido?

—Claro que está permitido —respondió ella con una sonrisa.

El sol aún no se había puesto cuando llegaron al muelle de Adras. El tiempo era perfecto y el mar Egeo tan claro que el cielo se reflejaba en el agua. A lo lejos podía ver los verdes olivares de la isla.

Cuando giró la cabeza vio que Damen estaba mirándola y se puso colorada al recordar el placer que le daba y de cuántas maneras. Cómo la había hecho suya en el sofá, por la noche, tomándola despacio, con embestidas profundas, apartándose y entrando en ella de nuevo, hundiéndose hasta el fondo. Era enloquecedor y le había suplicado que fuese más deprisa, pero Damen se contuvo hasta que ella estaba jadeando y revolviéndose. Solo entonces la dejó terminar. El orgasmo había sido intenso y cuando la abrazó se había sentido tan cerca de él, una parte de él, como si fueran dos mitades de un todo.

—Esa es mi casa —dijo Damen entonces, señalando un edificio blanco entre los árboles.

Tardaron unos minutos en atracar, pero cuando lo hicieron Damen le ofreció su mano para desembarcar y se despidió de la tripulación antes de subir a un todoterreno aparcado en el muelle.

—¿Podríamos cenar con tu madre esta noche? —le preguntó Kassiani.

—No —respondió él mientras se sentaba tras el volante.

—Podríamos ir a saludarla.

—La verás antes de que nos vayamos, pero no hay necesidad de hacer las presentaciones inmediatamente.

—Pero es tu madre, Damen. Me gustaría tener una buena relación con ella y me parece una falta de respeto no ir a saludarla inmediatamente…

—Mi madre no forma parte de mi vida, Kass. Y empieza a molestarme que insistas tanto.

—Entonces, ¿no importa lo que yo quiera? ¿Solo importa lo que quieras tú?

—Esta discusión ha terminado.

—¿Qué? Yo no soy tu empleada —le espetó Kassiani—. No puedes darme órdenes.

—No quiero seguir discutiendo delante de la tripulación —replicó Damen.

Ella apartó la mirada, dolida y furiosa. No entendía cómo podía hacerla sentir tan profundamente cuando aquel era un matrimonio de conveniencia, un simple acuerdo.

Pero no era verdad. Las noches de intensa pasión

habían hecho que ya no fuese un simple acuerdo para ella. Damen era su marido, un hombre al que necesitaba, al que anhelaba. Un hombre…

Un hombre al que amaba.

Se le hizo un nudo en la garganta. Había intentado no sentir nada, pero los sentimientos estaban ahí.

–Ponte el cinturón, por favor –dijo Damen.

Kassiani se puso el cinturón de seguridad con el corazón encogido. ¿Podía ser cierto? ¿Se había enamorado de su marido?

Capítulo 10

LA VILLA era una enorme casa de dos plantas rodeada de jardines, con patios individuales, piscinas y fuentes. Parecía más un hotel que una residencia privada. Era de nueva construcción, elegante y moderna sin ser fría. Las habitaciones eran blancas, con techos altos y enormes ventanales frente al mar. El único toque de color era el azul de las baldosas del suelo, algunos adornos de cerámica y los cojines que decoraban los sofás de lino. En el exterior, sin embargo, el verde de los árboles y los setos se mezclaba con el intenso rosa de las buganvillas.

Damen le hizo un rápido recorrido por la casa antes de llevarla a su habitación.

–¿No vamos a dormir juntos? –le preguntó Kass, en la puerta.

–Sé dónde encontrarte cada noche.

–¿Y dónde voy a encontrarte yo? La villa es más grande que el yate.

–Los empleados siempre saben dónde estoy.

–Ah, claro, y supongo que eso es preferible a que lo sepa tu mujer –replicó ella.

–¿Quieres que discutamos?

–No, déjalo. Es que estoy un poco nerviosa.

–¿Por qué?

–Porque quiero hacerte feliz…

–No te esfuerces demasiado. Deja que las cosas vayan a su ritmo.

–Y quiero sentir que eres mi familia.

–Eso no va a ocurrir de repente, hace falta tiempo. Cuando tengamos hijos será más fácil.

–¿Y si tardásemos años en tener hijos? ¿Y si no pudiéramos tenerlos?

–Solo llevamos una semana casados. ¿Por qué te pones en lo peor?

–Sí, tienes razón –Kassiani llevó aire a sus pulmones–. Es que quiero sentir que estoy casada de verdad.

–Estamos casados, Kass. Somos una familia, aunque aún no lo parezca –Damen frunció el ceño–. Ese es el peligro de apoyarse en los sentimientos, que te hacen olvidar la realidad.

–Pero yo tengo la impresión de que quieres mantenerme alejada –insistió ella.

–Cariño, estuviste entre mis brazos toda la noche.

Kassiani dejó escapar un suspiro.

–Puede que te sorprenda, pero no me gustan los conflictos. No discuto contigo para ganar una guerra imaginaria, sino para acercarme a ti.

–Estás más cerca que nadie, Kass. Déjalo estar, no me presiones, eso no va a servir de nada.

–Pero quiero ser tu amiga.

–Presionarme solo servirá para que me aleje porque yo soy como soy y no vas a conseguir nada más de mí. Ni ahora ni nunca.

No cenaron juntos esa noche y Damen no fue a su habitación. Kassiani, sentada en el balcón con un chal sobre los hombros, se alegraba. O se decía a sí misma que se alegraba. Siempre iba a ser así con él, un paso adelante, dos atrás. No debería sorprenderla, pero así era.

«No vas a conseguir nada más de mí, ni ahora ni nunca».

Tenía que ser fuerte, no podía desmoronarse. Intentaría ser una buena esposa, pero el amor no debería doler tanto.

¿Qué lo había cambiado? ¿Qué había hecho que desprecíase el amor?

Algo le había pasado, estaba segura. Pero tenía que saber qué era para poder ayudarlo. Y si Damen no se lo contaba, tendría que averiguarlo de otro modo.

Al día siguiente, Damen no encontraba a Kassiani. La habían visto desayunando en la terraza y paseando por el jardín, pero no estaba en ningún sitio. ¿Dónde se había metido?

–¿Ha visto a mi mujer? –le preguntó a uno de los jardineros.

El hombre asintió.

–Me ha pedido prestada una bicicleta y se ha ido al pueblo.

Damen dejó escapar un suspiro de frustración. Se había ido al pueblo y, por supuesto, no le había dicho nada.

Además, sospechaba a quién había ido a ver. ¿Por qué no le hacía caso? ¿Por qué hacía lo que le daba la gana?

Malhumorado, se dirigió al garaje y subió al todoterreno para dirigirse al pueblo. Estaba seguro de que Kassiani había ido a ver a su madre sin su permiso y eso era algo que no iba a tolerar.

Resultó ser una excursión más larga de lo que Kass había pensado, pero, cuando por fin llegó al pueblo, no fue difícil encontrar a la madre de Damen. Todos pare-

cían saber quién era y se mostraban amables y respe-
tuosos mientras le indicaban cómo llegar a la casa de
los Alexopoulos.

Pero cuando llegó a la humilde casita de dos plantas
sintió mariposas en el estómago. Estaba nerviosa, aunque también decidida. Tenía que ser una buena nuera,
tenía que ser respetuosa y empezar con buen pie.

Una mujer salió de la casa cuando estaba llegando a
la puerta.

—¿Señora Alexopoulos?

La mujer asintió con la cabeza. Era sorprendentemente bajita, delgada y enjuta. Llevaba el pelo sujeto
en un moño y un mandil sobre la falda. Damen debía de
haber heredado la estatura de su padre, pero los ojos
grises y los altos pómulos eran de su madre.

—Soy Kassiani, la mujer de Damen —se presentó en
griego, ofreciéndole el ramo de flores que llevaba en la
mano—. Tenía muchas ganas de conocerla.

La señora Alexopoulos aceptó las flores sin mucho
entusiasmo y entró en la casa para meterlas en un ja-
rrón de barro que sacó de un armario. Kass la siguió,
esperando que esa fuera una invitación, aunque la mujer no había dicho una palabra.

La casa era tan sencilla por dentro como por fuera.
Era una casa de campesinos, con una habitación que
hacía las veces de salón y cocina. Ni siquiera había un
sofá, solo una mesa y varias sillas frente a una antigua
chimenea. Una escalerilla de madera en una esquina
llevaba al segundo piso.

—¿Damen no ha venido contigo? —le preguntó la mujer por fin.

—Él estaba trabajando, pero yo no tenía nada que
hacer y he decidido venir a visitarla.

La mujer la miraba sin sonreír y su expresión la ponía nerviosa. Tal vez había cometido un error al ir allí.

—¿Cómo está mi hijo?

—Bien. Trabaja mucho.

—Ya, claro —murmuró la señora Alexopoulos, estudiándola en silencio—. Tú eres la otra hermana, ¿no?

—No soy Elexis —respondió Kassiani, incómoda. Había sido un error ir allí, pero ya no podía salir corriendo—. Siento mucho que no pudiese ir a la boda.

—Me han dicho que no estuvisteis en el banquete.

—Es que me puse nerviosa. No me siento cómoda entre mucha gente.

—A mí tampoco me gustan las multitudes. Ni la gente que finge ser algo que no es.

Kassiani no sabía cómo interpretar eso. ¿Se refería a ella?

—¿Qué tal es como marido? —le preguntó la señora Alexopoulos abruptamente.

—Pues… —Kass no sabía qué decir—. Será un buen sostén para la familia —dijo por fin.

—De niño no era tan frío. Era un buen chico, con buen corazón, muy cariñoso.

Kassiani no quería traicionar a Damen, pero necesitaba desesperadamente entenderlo para poder ayudarlo y ayudarse a sí misma.

—Ahora no le gusta hablar de sentimientos. No quiere amor, pero todo el mundo necesita amor.

—Él no sabe que estás aquí, ¿verdad?

—No, no lo sabe. He venido porque esperaba que usted pudiese decirme cómo… llegar a él. Es tan reservado…

—De niño era… —la mujer apartó la mirada— maravilloso.

Kassiani tuvo que hacer un esfuerzo para controlar las lágrimas. Sabía que aquella visita era un error. Estaba presionando, algo que Damen detestaba.

–Yo le quiero, pero él no me quiere a mí –dijo entonces, dejando caer los hombros–. La vida es muy complicada, ¿verdad?

La madre de Damen la estudió en silencio.

–Pregúntale por Aida. Tal vez te lo cuente.

Kassiani volvía hacia la villa, con el nombre de «Aida» dando vueltas en su cabeza, cuando un todoterreno se detuvo a su lado.

–Hola, Damen –lo saludó, sin bajarse de la bicicleta.

–¿Te ha gustado la excursión? –le preguntó él.

Kassiani tragó saliva.

–Sí, mucho. Hace un día precioso.

–¿Dónde has ido?

–Al pueblo, pero iba de vuelta a la villa.

–Pon la bicicleta atrás y sube al coche.

Kassiani hizo lo que le pedía, sabiendo que estaban a punto de discutir.

Damen condujo en silencio durante unos minutos y después paró el todoterreno a un lado de la carretera.

–No me gustan los juegos, Kass, así que no juegues conmigo. ¿A quién has ido a ver?

–A tu madre.

–¿Por qué?

–Porque es mi suegra y es una muestra de respeto ir a saludarla y llevarle unas flores.

Damen le sostuvo la mirada, como retándola a decir algo más, pero Kassiani perdió el valor. No quería preguntarle por Aida porque no era el momento.

Cuando llegaron a la villa, Damen se alejó sin decir una palabra y Kassiani fue tras él porque tenía que hacerlo, porque lo amaba. Llegó a su lado cuando estaba entrando en un moderno despacho, con una pared de cristal desde la que se veía el mar.

—¿Sí? —dijo él, enarcando una ceja.

—Creo que deberíamos invitar a tu madre a cenar. Si no esta noche, mañana. Sé que le gustaría…

—Tú no la conoces.

—Pero debería conocerla. Yo perdí a mi madre a los quince años y me gustaría que la tuya fuese parte de nuestras vidas…

—Ella no entendería nuestras vidas. No le gustarían tantas… extravagancias.

—O tal vez sí. ¿Por qué decides por ella?

Damen dio un paso adelante.

—Evidentemente, no confías en mí porque cuestionas todas mis decisiones.

—Solo quiero tomar parte en esas decisiones.

—Eso no va a pasar.

—¿No íbamos a ser amigos?

—Tal vez sea imposible.

—¡Damen!

—Le rompí el corazón a mi madre hace muchos años. Le hice daño a ella y a mucha gente. Fin de la historia.

Kassiani contuvo el aliento.

—Muy bien, lo entiendo. Entiendo que no quieres tener una relación con tu madre, pero yo sí quiero tenerla.

Después de decir eso, Kassiani salió del despacho y Damen dejó escapar un suspiro.

No debería haberla llevado allí. No sabía por qué había aceptado, pero era un error haberla llevado a Adras.

Era un error que hubiese conocido a su madre.

Habían pasado tantas cosas… cosas que ya no podrían cambiar. Aunque pudiese perdonarse a sí mismo, no podría olvidar. No debería olvidar. Y por eso tampoco podía perdonarse a sí mismo.

Kassiani paseaba por la habitación, agitada. Cuando miró la piscina por el balcón pensó que un chapuzón podría aclararle las ideas y calmarla un poco, de modo que se puso el bañador y bajó al jardín.

Era una piscina de agua climatizada, pero refrescante, y se quedó flotando de espaldas, disfrutando de los últimos rayos del sol e intentando olvidar sus problemas.

Todo iba a salir bien, solo debía ser paciente. Tenía que seguir luchando por su relación porque él merecía la pena. Los dos merecían la pena.

Una sombra bloqueó el sol y cuando abrió los ojos vio a Damen al borde de la piscina, mirándola con expresión seria. Se había cambiado de ropa y llevaba un traje de chaqueta oscuro y una camisa blanca.

—¿Dónde vas? —le preguntó.

—Vuelvo a Atenas.

—¿Ahora? —preguntó ella, con el corazón encogido.

—He pedido que hagan tus maletas.

—¿Por qué nos vamos? Acabamos de llegar.

—Ha sido un error traerte aquí.

—No…

—Ya sabes que no me gusta hablar del pasado. He hecho todo lo posible para cerrar esa puerta y solo te he traído a Adras para que pudieses ver dónde nací. Ya lo has visto, has visto mi casa. Has visto a mi madre y ahora debemos volver a Atenas porque tengo que trabajar.

—¿Y nuestra luna de miel?

—No puedo seguir haciendo esto, Kass. No sirve de nada.

—Pensé que íbamos a estar juntos quince días —Kassiani salió de la piscina y se envolvió en la toalla—. Le prometiste a Elexis quince días.

—A Elexis, no a ti. A ti no te he prometido nada. Ni siquiera deberías ser mi mujer.

Kass dio un respingo.

—¿Por qué dices eso?

—¿Por qué tienes que presionar e indagar? ¿Por qué no te conformas con lo que te doy? Te he dado más de mí que a ninguna otra mujer…

—Salvo a Aida.

Él palideció, mirándola con expresión fiera.

—¿Qué has dicho?

—Aida —repitió Kassiani.

—¿Quién te ha hablado de ella?

—Tu madre.

Damen sacudió la cabeza.

—No debería haberte traído aquí. No debería haber confiado en ti, ni en ella.

—Es tu madre, Damen. Me dijo que no siempre habías sido así, que de niño eras cariñoso. Y también me dijo que te preguntase por Aida.

—Deja de repetir ese nombre.

—¿Era tu novia, tu amante?

Él le dio la espalda, furioso.

—Tú no sabes nada.

—Entonces, cuéntamelo —insistió ella.

—No quiero hablar de eso.

—Pero si me lo contases tal vez yo podría ayudarte.

–Nadie puede ayudarme. Es el pasado y no quiero recordarlo. No pienso abrir esa puerta.

–Y, sin embargo, mi amor, esa puerta está abierta. El pasado se cuela en tu presente y te mantiene prisionero.

–Lo que ocurrió es sórdido, horrible. Cuando hablo de ello, revivo esa fealdad de nuevo y… solo quiero destruir. Destruir cosas, destruir gente.

–¿Quién te hizo daño? Damen, cuéntamelo. Deja que te ayude.

–¿Ahora eres psicóloga? ¿Una terapeuta que va a ayudarme con mis problemas?

–Al menos reconoces que tienes problemas.

Damen se dio la vuelta.

–¿Lo estás pasando bien, Kass? ¿Esto es divertido para ti? ¿Te sientes mejor porque ya no eres la patética hija de Kristopher Dukas?

–¿Por qué te vuelves contra mí? No soy yo quien te hizo daño.

–Porque tú insistes en hablar y hablar cuando yo estoy harto. Quieres reducirme, hundirme… ponerme a tu nivel.

Kassiani dio un paso atrás.

–¿Por qué intentas ofenderme?

–¿Quieres saber quién es Aida? Pues te lo contaré: era la mujer del dueño de la isla. Era guapa y mimada. Su marido era viejo y no le gustaba acostarse con él. Quería un chico joven y viril en la cama y me eligió a mí. Yo tenía catorce años –Damen sacudió la cabeza–. No quería ser su amante… tenía una novia. Estaba enamorado de Iris desde los cinco años y era la chica con la que iba a casarme, pero a Aida le daba igual. Le gustaba porque era grande para mi edad y… su marido me obligó a acostarme con ella porque si no lo hacía echaría a mis padres de la casa, les dejaría sin trabajo y en la calle. Mis padres se quedarían sin nada. Solo tenía que acostarme con Aida y todo seguiría igual.

Kass le había pedido que compartiese su pasado y ahora que lo había hecho quería que parase. Había intentado entender qué lo había hecho tan frío, pero nunca se hubiera imaginado algo así.

–Durante un año, mi vida les perteneció –siguió Damen–. Yo era la mascota de Aida. Ella me enseñó cómo darle placer a una mujer, pero también hizo que me odiase a mí mismo y a los demás. Una parte del trato era que nadie debía saberlo. Yo pensé que era un secreto y agradecía que mis padres no supieran nada porque al menos así podía fingir que no estaba pasando. Pero me equivoqué, la gente lo sabía. De hecho, todo el mundo lo sabía salvo mis padres. Pero se enteraron, fue Iris quien se lo contó.

El silencio se alargó y Kassiani se llevó una mano al corazón.

–¿Iris rompió contigo?

–No, ella se compadecía de mí. Me perdonó porque decía que no era culpa mía, pero sí lo era. Si hubiera sido un hombre de verdad no me habrían manipulado como lo hicieron.

–Pero casi eras un niño.

–No solo un niño, sino un niño pobre. No tenía ningún poder, ningún control.

«Ningún poder, ningún control».

Tantas piezas del rompecabezas empezaban a caer en su sitio. Su miedo a la intimidad sin juegos de poder, su negativa a discutir el pasado, su deseo de casarse con una mujer que fuese tan dura como él…

–¿Sigues queriendo a Iris? –le preguntó.

–Ya estás otra vez removiendo el pasado. No quiero hablar de eso, está muerto…

–No está muerto, está muy vivo –lo interrumpió ella–. Sigue persiguiéndote ahora y afecta a todo lo que haces. Querías casarte con Elexis porque es dura. Pensabas que sería una buena esposa porque no esperaría nada y, por lo tanto, no podrías herirla ni decepcionarla como heriste y decepcionaste a Iris.

–No sabes lo que dices. Iris no tiene nada que ver con tu hermana, ni contigo. Solo era una cría inocente y encantadora… –Damen apartó la mirada–. Pero ya está bien. Déjalo, por favor.

Era la primera vez que le pedía algo por favor. No estaba dándole una orden, sino suplicando.

«Suplicando».

A Kassiani se le encogió el corazón. No solo por su tono, sino por el cariño con el que hablaba de Iris. Iris había sido su primer amor y, al parecer, el último.

–Deberías haberte casado con ella –dijo en voz baja–. Podrías haber sido feliz.

–La felicidad no existe.

–Sí existe, pero tú no quieres ser feliz. Prefieres seguir torturándote a ti mismo por lo que ocurrió en el pasado. Pero podrías seguir adelante si quisieras. Podrías haberlo hecho con Iris…

–Iris está muerta –la interrumpió él–. Se quitó la vida cuando me marché de Adras.

Kass lo miró, boquiabierta.

–Damen…

–Así que no, no siento nada y me da igual porque es mejor así. Soy más feliz así.

Kassiani entendía tantas cosas ahora… Pero conocer sus secretos no los había acercado ni cambiaría nada entre ellos porque Damen estaba decidido a aferrarse al dolor. El dolor era su motivación, el dolor le permitía ser implacable.

—Si odias tanto este sitio, ¿por qué compraste la isla?

—Por venganza. Spiro y Aida estaban en la ruina y buscaban un inversor que los ayudase a salvar su negocio. En lugar de eso, yo les eché de aquí. Se lo quité todo, su casa, su reputación, su empresa. He borrado hasta la última huella —Damen hizo una pausa—. Y me gustó hacerlo, me sentí feliz. Fue el momento más feliz de mi vida.

Kass sentía náuseas. No sabía qué decir.

—Puede que tú destacases en la universidad, pero no sabes nada sobre la vida real y no sabes nada sobre mí —siguió Damen—. No soy un hombre herido que necesita ser salvado. No quiero ser salvado. Solo me siento bien cuando hago daño a los demás.

—Es el dolor que guardas lo que te empuja a hacer daño. Tú eres una buena persona y mereces amor…

—Para, por favor.

—Te quiero, Damen, pero necesito que busques ayuda…

—Esta conversación ha terminado —la interrumpió él—. Nosotros hemos terminado.

Volvieron a Atenas en helicóptero y un chófer llevó a Kassiani a la villa de Sunión mientras él se quedaba en el ático de Atenas.

Era extraño estar de vuelta en la villa donde había empezado todo. Estaba en la habitación en la que se había puesto el vestido de novia, pero había cambiado tanto desde que se casó con Damen que se sentía como si fuera otra persona.

No dejaba de darle vueltas a la situación y no podía dormir. No podía respirar porque todo parecía estar derrumbándose. Lo que le había contado esclarecía su comportamiento. Damen había sufrido un trauma y eso explicaba que no quisiera saber nada de sentimientos. Le dolía que le hubiera pasado algo tan terrible, pero debía resignarse a la realidad: Damen no iba a cambiar.

Él necesitaba límites y reglas para lidiar con las emociones y estaba decidido a dejarla fuera de su vida.

Pero ella no quería quedarse fuera de su vida. Necesitaba amar y ser amada.

No se había casado con Damen para abandonarlo. Sus promesas habían sido sinceras. Quería ser su mujer y hasta se había imaginado a sus hijos, preciosos niños de pelo oscuro y ojos brillantes.

Tal vez podría haber funcionado si no se hubiera enamorado de él. Amarlo hacía que su frialdad fuese insoportable. Estar tan cerca de él, ser poseída por él tan completamente mientras Damen no sentía nada… le rompía el corazón.

Tal vez podría haber funcionado si la relación sexual no hubiera sido tan intensa, tan abrasadora. Cuando estaban juntos, cuando estaba dentro de ella, abrazándola, el mundo dejaba de importar. Y eso no era bueno para ella. Se sentía tan dolida, tan desesperada. No, ella no podría sobrevivir a aquella vida.

¿Y no le había advertido Damen? ¿No le había dicho que había elegido a Elexis porque era dura e insensible? Cuando estaba con Damen se sentía viva, pero esa noche, sin él, no podía respirar.

Y esa no era forma de vivir. Aquella no era una relación sana. Damen, marcado por su pasado, estaba destruyéndola. Pero su instinto de supervivencia era demasiado fuerte, tenía demasiado espíritu luchador como para no intentar salvarse.

Le había dicho que quería ayudarlo, pero tal vez era ella quien necesitaba ayuda. Tal vez era ella quien debería acudir a un psicólogo que la ayudase a hacer las paces con el pasado para poder tener un futuro.

Y si quería un futuro tenía que irse. No podían estar juntos porque solo conseguían hacerse daño el uno al otro.

Sus ojos se llenaron de lágrimas y sintió una opresión en el pecho. Tenía que irse, tenía que volver a casa… pero no a la casa de su padre. Encontraría su propio sitio. Tenía dinero suficiente y lo utilizaría para empezar de nuevo en San Francisco. Y sería más valiente, más autosuficiente.

Había sido una semana brutal, pero se sentiría mejor cuando estuviese de vuelta en California. Damen podría iniciar el procedimiento de divorcio alegando su abandono. Mientras ella fuese la razón por la que el matrimonio no había funcionado, el contrato matrimonial seguiría en pie y Damen mantendría el control de la Naviera Dukas. No se sentía culpable. La empresa necesitaba un buen líder para no terminar en la ruina.

No sentía ninguna pena por su padre, que la había ofrecido como moneda de cambio.

¿Cómo podía haber tenido tan poca autoestima? ¿Cómo podía haberse casado con un desconocido? Se sentía estúpida y patética, pero había cambiado. Volvería a California y empezaría una nueva vida. Le daba igual lo que dijesen los demás. Lo había intentado y había fracasado. No era rival para Damen, nunca lo había sido.

Capítulo 11

ERA EXTRAÑO estar de vuelta en San Francisco. Solo llevaba allí unas semanas y, sin embargo, le parecían meses desde que viajó a Atenas para asistir a la boda de Elexis.

No se sentía la misma persona. Tal vez porque se había casado y había perdido la inocencia. Tal vez porque se había enamorado y Damen le había roto el corazón. Lo echaba de menos, aunque sabía que no era el hombre adecuado para ella.

Se enteraba de cuándo iba Damen a San Francisco por su padre. La primera vez, se preparó para la visita haciéndose una de esas dolorosas ceras que la dejaban completamente pelada ahí abajo.

Paseó por su casa a las afueras de San Francisco, en la que se había instalado desde que volvió a California, anticipando su llegada, esperando que fuese a decirle que la echaba de menos, desesperada por oírle decir que había cometido un error, que quería empezar de nuevo.

Pero Damen no fue a verla. Ni siquiera intentó ponerse en contacto con ella. Había ido a San Francisco en viaje de negocios y después había vuelto a Atenas.

Kassiani se hundió y juró proteger su corazón. Durante la siguiente visita, cuatro semanas después, no se hacía ilusiones. Se arregló el pelo, pero nada más. Aunque esperaba que se pusiera en contacto y quería que la echase de menos tanto como ella. Solo quería oírle decir que se había dado cuenta de su error, que quería intentarlo de nuevo.

Pero tampoco fue a verla en la segunda visita. Agosto estaba a punto de terminar y se decía a sí misma que no quería verlo, que no quería saber nada de él. Y rezaba para que el divorcio estuviese finalizado lo antes posible.

No había tenido la regla en todo ese tiempo. Al principio, pensó que era un simple retraso porque le ocurría a menudo. Luego pensó que era el estrés, pero cuando las semanas se convirtieron en meses ya no pudo seguir ignorando la situación. De modo que se hizo una prueba y al descubrir que estaba embarazada su temor se convirtió en pánico.

Ella no quería estar embarazada, pero estarlo lo cambiaba todo. Embarazada, estaría para siempre unida a Damen. Embarazada, le daría lo que quería, un heredero.

Damen se sentiría feliz porque quería una dinastía, hijos, otra generación que llevase su apellido.

Se acercaba el mes de septiembre, pero le resultaba difícil hacerse a la idea de que esperaba un hijo. Siempre había querido ser madre, pero no así, no una madre soltera, sola.

A menos que se reuniese con Damen.

Pero esa idea la horrorizaba porque si se reunían sería solo por el bebé. Él había dejado claro que no la quería y, aunque estar juntos sería bueno para su hijo, la destruiría a ella.

No dudaba que Damen sería un buen padre, al menos hasta que el niño llegase a la adolescencia y empezase a desafiarlo. A Damen no le gustaba que lo desafiasen, no le gustaba nada que lo hiciera sentir.

Los niños lo harían sentir, pero ella no podía hacer nada. El bebé había sido concebido.

Pasó largas noches en vela, intentando decidir qué debía hacer, cómo hablarle a Damen del embarazo. Evidentemente, tendría que decírselo, aunque solo estaba en el primer trimestre y vestida no se notaba.

Pero los papeles del divorcio no habían llegado.

¿Por qué? ¿Qué quería Damen de ella? ¿Estaba intentando intimidarla, forzar su mano?

Y entonces, el último día de septiembre, apareció en su casa, con un traje de chaqueta oscuro, guapísimo y frío, porque Damen Alexopoulos solo era eso, un hombre frío.

Kassiani se quedó tan sorprendida al verlo que le temblaban las rodillas. ¿Cómo podía seguir queriéndolo tanto?

—¿No vas a invitarme a entrar? —le preguntó.

Ella intentó disimular su ira. ¿Quién se creía que era? ¿Cómo se atrevía a aparecer cuatro meses después exigiendo privilegios?

—Aún no lo sé —respondió.

—Muy bien, como quieras.

—Eres tan injusto —dijo Kass, mirando la carpeta que llevaba en la mano. Los papeles del divorcio, pensó. Los había llevado personalmente—. Dame lo que has traído y márchate.

—No, tenemos que hablar.

—Yo no quiero hablar, Damen. Me has hecho esperar durante meses…

—Porque estaba… intentando solucionar mis problemas —Damen hizo una mueca—. Estaba intentando entenderme a mí mismo.

—¿Qué quieres decir?

–¿Puedo entrar, por favor? No puedo hablar de esto en la calle.

Kass dio un paso atrás y lo llevó al salón. Se sentó en el sofá, intentando permanecer calmada, mientras él se sentaba en un sillón. Había echado tanto de menos a aquel arrogante y quería que la desease, que luchase por ella. Sin embargo, se sentiría desolada cuando le entregase los papeles del divorcio.

–¿Qué es eso? –le preguntó, señalando la carpeta.

–Esto es para más tarde. Lo dejaré aquí cuando me marche.

–¿No quieres que hablemos de ello ahora?

–No –respondió Damen–. Quiero hablar de nosotros, de nuestro matrimonio.

–De modo que has venido para echarme otro sermón sobre lo decepcionado que estás.

Él hizo una mueca.

–No, nada de sermones, lo siento.

–No es verdad, no lo sientes.

–Sí lo siento. Por eso he venido a disculparme. He venido a pedirte otra oportunidad. Estoy aquí para luchar por nosotros...

–¿Por qué si solo he conseguido decepcionarte? No sé cuántas veces me dijiste que no me querías, que te habías visto forzado a casarte conmigo –replicó Kassiani, con los ojos llenos de lágrimas que apartó de un manotazo. Las hormonas del embarazo no ayudaban nada–. Me criticabas continuamente, intentabas cambiarme...

–Estaba equivocado –la interrumpió él–. Perdóname, Kass. ¿Quién soy yo para enseñarte nada? ¿Cómo iba a enseñarte a ser una buena esposa cuando yo no he sido un buen marido?

Kassiani parpadeó rápidamente para contener las lágrimas mientras un brillo de esperanza nacía en su corazón. ¿Sabía lo que estaba diciendo? ¿Hablaba en serio?

—Entonces, ¿qué son esos papeles?

—No pienses en los papeles, por favor, eso no importa ahora. Lo único que importa es que he sido un imbécil, que te he hecho daño porque tenía miedo. Tú me hacías sentir y eso me confundía. Yo no quería sentimientos, pero te quería a ti.

—No, lo que querías era a la mejor hija, la que mi padre te prometió.

Damen alargó una mano para ponerla sobre su rodilla.

—Tu padre me prometió a su mejor hija y tú eres la mejor hija.

—Pero dijiste…

—Sé lo que dije y no era verdad. Estaba dolido, furioso, y lo pagué contigo. Lo siento mucho, Kass, me siento avergonzado. He pasado meses intentando entender mi ira y he venido, por fin, para decirte que nunca me has decepcionado. La decepción que sentía, y sigo sintiendo, es conmigo mismo. Me odiaba por el daño que te había hecho y te pido disculpas por mi comportamiento.

Kass frunció el ceño.

—¿Con quién has estado hablando?

—Con un terapeuta. Dijiste que necesitaba ayuda, así que busqué ayuda.

—¿Por qué?

—Esperaba que, si cambiaba, tú volverías a casa. Quiero que vuelvas, Kassiani. Mi casa no es un hogar sin ti.

Ella contuvo el aliento, temiendo que, si respiraba, Damen desaparecería y aquello sería solo un sueño. Tenía que serlo porque estaba diciendo todo lo que ella había soñado que dijese. ¿Sería un truco? ¿Aquello estaba pasando de verdad?

—No has venido a verme en cuatro meses.

—Quería que tú controlases la relación, pero las semanas se convirtieron en meses y empecé a temer que de verdad no quisieras volver a saber nada de mí. Y pensar eso era insoportable.

—Estaba esperando los papeles del divorcio.

—Habrías tenido que esperar para siempre porque no tengo intención de pedir el divorcio. Tú eres la única esposa que tendré nunca porque eres la única mujer a la que quiero. No me imagino con ninguna otra. Eres mía, eres la persona a la que quiero a mi lado durante el resto de mi vida.

Kass se estremeció. Esas palabras eran tan poderosas y abrumadoras, tan inesperadas...

—No sé qué decir. Eres tan diferente... es casi como si fueras otro hombre.

—Intentar vivir sin ti ha sido más difícil que aprender a comunicarme mejor —Damen vaciló—. Pero no he venido para forzarte a tomar una decisión que podrías lamentar más adelante. Prefiero que vayamos despacio para que estés segura del todo, para que sepas que soy el marido que deseas. He tenido meses para pensar en lo que yo necesito, pero es importante que tú lo hagas también. Con eso en mente, he preparado unos documentos que te dejaré aquí para que los leas cuando me vaya. Y decidas lo que decidas, volver conmigo o quedarte aquí, siempre estarás segura y protegida.

Kass se levantó y él hizo lo mismo.

–No quiero tu dinero, Damen. Solo te quería a ti.

Una sombra oscureció sus facciones.

–Ahora me doy cuenta. Y puede que sea demasiado tarde para nosotros… aunque espero que no lo sea. No tengo intención de dejarte ir, pero no voy a forzarte a soportar un matrimonio que no deseas. Sé que tú te mereces más de lo que yo he sido capaz de darte y quiero corregir mis errores para que el futuro no se parezca al pasado.

Damen se inclinó para darle un beso en la frente y otro en la mejilla.

–Te quiero, Kass –murmuró–, pero quiero que seas feliz. Te mereces ser feliz. Te mereces toda la felicidad del mundo.

Y luego salió de la casa, dejando la carpeta sobre el sillón en el que había estado sentado.

Kassiani se dejó caer sobre el sofá. Había esperado esa conversación durante cuatro meses y había sido más maravillosa de lo que nunca hubiera podido soñar, pero…

¿Podía creérselo?

Le daba miedo hacerse ilusiones y entregarle su corazón de nuevo porque temía que volviese a ser el mismo hombre cerrado, brusco y dominante.

Tomó la carpeta con manos temblorosas y sacó varios documentos. Atónita, descubrió que Damen no le ofrecía dinero, sino tres opciones diferentes. Todas incluían una cuantiosa participación en su negocio y ninguna de ellas dependía de que siguiera casada con él. Damen estaría conforme con su decisión incluso si decidía seguir adelante con el divorcio.

Opción 1: Vivir independiente en San Francisco y formar parte del consejo de administración de la Naviera Dukas.

Kass dejó de leer. «Naviera Dukas». ¿No iba a cambiar el nombre de la empresa?

Opción 2: Ocupar un puesto directivo en la Naviera Dukas viviendo en San Francisco o en Atenas.

Opción 3: Trabajar en las oficinas de la Naviera Alexopoulos en Atenas, ocupando un puesto en el consejo de administración tanto de la Naviera Dukas como de la Naviera Alexopoulos.

Kass se echó hacia atrás en el sofá, perpleja. Estaba invitándola a ser parte de la industria naviera, quería darle la oportunidad de hacer lo que siempre había soñado.

Siguió leyendo documentos hasta que encontró lo que buscaba, el número del móvil de Damen. Lo llamó inmediatamente.

–Soy Kassiani.

–Lo sé –dijo él.

–¿Cómo?

–Te tengo en mi lista de contactos. Eres la primera, mi favorita.

Kass intentó concentrarse, pero no era fácil porque tenía el corazón acelerado.

–Esas opciones… –empezó a decir– son asombrosas.

–Si alguien debe dirigir la Naviera Dukas en el futuro, eres tú.

–¿No vas a cambiar el nombre de la empresa?

—Eso depende.

—¿De qué?

—De ti —respondió Damen—. Si tú llevas el timón de la empresa, es lógico que siga siendo Naviera Dukas, ¿no te parece?

—¿El timón? Damen, yo aún no sé mucho sobre el negocio.

—Sé que aprendes muy rápido. Me entendiste en menos de una semana.

Ella dejó escapar el aliento.

—¿Lo dices en serio?

—Desde luego.

—¿Y si no funcionase?

—¿La parte del negocio o la personal? Porque son cosas separadas, Kass. Puedes tener o lo uno o lo otro, es tu decisión.

Estaba diciendo todo lo que ella esperaba escuchar. No, mucho más que eso. Y, de repente, se sintió culpable porque aún no le había dicho que estaba embarazada. Tal vez eso lo cambiaría todo, tal vez se enfadaría con ella por no habérselo contado antes.

—Estoy embarazada, Damen. De veintidós semanas.

Él no respondió inmediatamente y el silencio era atronador. Su corazón latía con tal fuerza que pensó que iba a desmayarse.

—Por favor, di algo.

—Abre la puerta, cariño. Sigo aquí.

Kass corrió a la puerta secándose las lágrimas y se echó en sus brazos.

—¿Por qué lloras? —le preguntó él.

—No te enfades…

—No estoy enfadado —Damen la besó en la frente—. ¿El bebé está sano? ¿Tú estás bien?

–Los dos estamos bien. Está siendo un embarazo muy fácil. Lo único malo es que tú estabas tan lejos.

Damen la soltó para poner las manos sobre sus hombros.

–He estado en San Francisco todo el tiempo. No quería estar muy lejos por si me necesitabas.

–¿Qué?

–¿Cómo iba a comprobar que estabas bien viviendo al otro lado del mundo?

–¡Pero no has venido a verme! Y mi padre me hizo creer que ibas y venías…

–No me he ido a ningún sitio. Tengo una suite en el hotel Palace y allí es donde voy cada noche, cuando salgo de la oficina. Pasaba por delante de tu casa todos los días… a veces aparcaba delante para ver cómo apagabas y encendías las luces.

Kass dio un paso atrás, incrédula.

–¿Sabías que estaba embarazada?

–Lo sospechaba, pero no estaba seguro –Damen hizo una mueca–. Mi madre me dijo que podrías estarlo.

–¿Qué? ¿Cómo lo sabía?

–Ni idea. Siempre ha tenido un sexto sentido para esas cosas.

–Pero entonces, ¿por qué me has ofrecido esas opciones?

–Porque siempre has querido formar parte del negocio y no hay ninguna razón para que no lo hagas, embarazada o no.

–Pensé que los hombres griegos tradicionales querían que sus esposas se quedasen en casa.

–Yo no quiero una esposa tradicional, te quiero a ti.

–¿Y si elijo la opción número 1, vivir en San Francisco, lejos de ti?

–Entonces compraré una casa aquí y seré parte de la vida de nuestro hijo.

–Pero te encanta Grecia.

–Me importas más tú y nuestro hijo.

–No sé qué decir.

–No tienes que decir nada ahora mismo. Piénsalo, Kass. Quiero que te tomes tu tiempo, pero permíteme que te corteje y te mime. Deja que te demuestre que puedo ser un buen marido, que puedes confiar en mí.

Ella tragó saliva, emocionada.

–Han sido cuatro meses horribles.

–Y es culpa mía…

–No, es culpa mía. Te prometieron a la mejor hija…

–Y me casé con ella –la interrumpió Damen–. Tú eras la mejor y única opción para mí. Tu fuerza y tu valor me han ayudado a enfrentarme con un pasado que me impedía vivir y amar. No lo hubiera conseguido si no fuese por ti. Te quiero, Kassiani, y te querré mientras viva.

Damen la llevó a cenar, al teatro, incluso a un partido de fútbol americano al que ninguno de los dos prestó mucha atención. Pero Damen había reservado un palco y terminaron besándose como dos adolescentes. Fue allí donde Kassiani le preguntó por Iris y por sus padres.

–No entiendo que culpes a tus padres por lo que te pasó cuando eras un crío –le dijo, insegura–. A menos que sea porque no pudieron protegerte.

–No los culpo a ellos en absoluto.

–Pero no tienes ninguna relación con tu madre.

–Porque me resultaba muy difícil. Mi madre se negó a dejar que le comprase una bonita casa y tampoco quiso ir conmigo a Atenas. Es muy cabezota e insiste en vivir como ha vivido siempre.

—Entonces, ¿no estás castigándola?

—¡No! —exclamó él—. ¿Eso es lo que habías pensado?

Kass se encogió de hombros.

—Pensé que era por Iris, que tal vez culpabas a tus padres por lo que pasó.

—Nunca los he culpado porque también ellos fueron víctimas de la situación.

Kass lo pensó un momento.

—Te culpas a ti mismo por la muerte de Iris, ¿verdad?

—Así es.

—¿Sabes por qué se quitó la vida? ¿Tuvisteis una pelea?

—No, pero he tenido mucho tiempo para pensar y solo se me ocurre que se sintió traicionada cuando me fui de Adras.

—¿Por qué? ¿Estaba embarazada?

—No, pero ella pensaba que íbamos a casarnos y siempre hablaba del futuro. Yo me fui de Adras y ella murió un año después.

Kassiani le apretó una mano.

—Pero sabes que tú no eres responsable de su muerte…

—Me escribió muchas cartas, pero yo nunca respondí. Nunca —Damen hizo una pausa—. Le fallé, sé que es así, pero pensaba que estaba haciéndole un favor. Pensaba que sería más feliz sin mí porque entonces estaba tan dolido, tan marcado… Ya no era el chico del que se había enamorado.

—No más sentimiento de culpabilidad, no más remordimientos —susurró ella—. No miremos atrás nunca más.

–Te quiero.

–Y yo te quiero a ti, marido mío.

Después de un mes y medio saliendo con su marido, Kass eligió la opción número 3 y volvieron a Grecia cuando estaba en el tercer trimestre de embarazo. Y, aunque Grecia aún no era su hogar, se sentía cómoda allí porque Damen hacía que todo fuese maravilloso. Iban juntos a la oficina cada día y se despedían con un beso en el ascensor. Kass estaba aprendiendo todo lo que debía saber sobre la industria naviera y se sentía feliz.

El tiempo pasaba a toda velocidad y un mes más tarde saldría de cuentas.

Una tarde, después de trabajar, Damen la llevó a una casa en las afueras de Atenas.

–Acaba de salir al mercado y el propietario está desesperado por venderla cuanto antes –le contó–. Sé que tú prefieres la arquitectura clásica, pero la finca tiene dos hectáreas de terreno y unas vistas fabulosas. Lo único que tendríamos que hacer es amueblarla y preparar la habitación para el bebé.

Atravesaron una verja de hierro y, unos segundos después, llegaban a la casa, frente al precioso mar Egeo.

–¿Cuántas hectáreas has dicho?

–Dos.

–Perfecto. Cómprala –dijo Kass.

–Pero si aún no la has visto.

–Da igual, si no me gusta el interior podemos reformarlo.

Damen giró la cabeza para mirarla.

–No quiero que tengas que preocuparte por nada. Solo quiero que te relajes.

–Estoy relajada.

–Y que seas feliz.

–Soy increíblemente feliz, Damen.

Él sonrió, inclinando la cabeza para besarla.

–Cásate conmigo, Kassiani.

–Ya estamos casados, mi amor.

–Casémonos de nuevo. Y esta vez será un matrimonio por amor. Necesito que tú lo sepas y lo sepa el mundo entero.

–¿Qué más da lo que piensen los demás?

Damen esbozó una sonrisa.

–Tal vez solo quiero presumir de esposa. Me apetece celebrar nuestro matrimonio porque tengo la mujer más guapa y brillante del mundo y vamos a tener un hijo.

Kass no podía dejar de sonreír. ¿Cómo no iba a sentirse feliz?

–Duermes conmigo cada noche.

–Todas las noches. Ahora que te tengo de vuelta en mi cama, no pienso irme a ningún sitio.

Era cierto, ya no se iba de la habitación después de hacer el amor. Dormían abrazados y a ella le encantaba.

Porque lo amaba.

Desesperadamente.

Epílogo

LA RENOVACIÓN de los votos matrimoniales tuvo lugar el día de Año Nuevo. Kassiani se puso un vestido de estilo griego, con un hombro al descubierto, en seda de color crema. Su largo pelo oscuro estaba sujeto sobre la cabeza con una delicada corona de hojitas doradas.

Faltaban menos de cuatro semanas para que diera a luz y se sentía enorme, pero también increíblemente feliz.

Damen fue a preguntarle cómo estaba antes de que empezase la ceremonia.

—Estoy bien —respondió ella.

—Estás muy guapa.

Kass se pasó una mano por el abdomen.

—Estoy inmensa.

—Siempre me han encantado tus curvas, incluso cuando no sabía cómo decírtelo.

—El pasado es el pasado, mi amor. Es hora de olvidarlo y pensar en el futuro.

—Tal vez pueda hacerlo después de esta noche. He cometido tantos errores en mi vida…

—Nadie lleva la cuenta.

—Tú te mereces una boda de verdad y un banquete de verdad. Quiero que todo el mundo sepa cuánto te amo. Por eso esta noche, durante la fiesta, haremos muchas fotografías. Pondremos algunas en un álbum y enmarcaremos otras para que nuestros hijos sepan cuánto nos queremos. Quiero que sepan que merece la pena luchar por el verdadero amor.

Kassiani tragó saliva, mirándolo con los ojos empañados.

–No sabía que me hubiera casado con un hombre tan romántico.

–Te adoro, esposa mía, mi corazón, mi vida. Te adoro y me siento agradecido cada día por haberte recuperado.

La ceremonia fue inolvidable, como el elegante banquete frente a la sagrada Acrópolis y el Odeón de Herodes Ático, ambos edificios iluminados. Kass pensó que había algo profundamente espiritual en cenar y bailar teniendo la Acrópolis como telón de fondo.

Todo era perfecto y, además, tenían allí a sus familias. Su padre había ido desde San Francisco y la señora Alexopoulos, por fin, había viajado en barco hasta Atenas. La madre de Damen había añadido unas ramitas de olivo de Adras al ramo de novia, como una ofrenda de paz.

Su boda, su familia, su amor. Todo era perfecto. Kassiani había encontrado su hogar.

Cuando dio a luz unas semanas después, Damen estaba a su lado. Su padre envió un ramo de flores desde California, pero la señora Alexopoulos volvió a Atenas, ansiosa por ayudar.

Damen había temido que no quisiera tener a su madre en casa, pero la señora Alexopoulos no era la típica suegra que todo lo criticaba, sino una fuente de sabiduría y consejos.

Kass se sentía agradecida por tener un marido que la quería tanto como para luchar por ella y, además, una abuela cariñosa para su hijo, Alesandro, el símbolo de su amor y de su compromiso para el futuro.

El invierno dio paso a la primavera. Kassiani estaba deseando volver a la oficina para trabajar a tiempo parcial. Disfrutaba mucho de su trabajo, pero adoraba a su hijo y agradecía no tener que elegir entre uno y otro.

Damen y ella habían luchado por su matrimonio y por su amor. El amor lo curaba todo, el amor daba esperanza.

Ella no siempre había elegido bien, pero no se había rendido con Damen. Y, cuando pensaba que ya no podía seguir luchando, él la había sorprendido luchando por ella, por los dos, por la felicidad que necesitaban desesperadamente.

Los sueños podían hacerse realidad.

Bianca.

**Contratada por el jeque…
¡y esperando al heredero de su estirpe!**

LA HERENCIA
DEL JEQUE

Heidi Rice

Cuando la tímida académica Cat Smith fue contratada como investigadora por el jeque Zane Ali Nawari, se volvió loca de contento, y quedó completamente deslumbrada por la desbordante química que creció entre ellos. Cat sabía que una aventura con él podía poner en tela de juicio su credibilidad profesional, pero resistirse a las caricias sensuales de Zane le estaba resultando completamente imposible. Su apasionado encuentro tuvo consecuencias… Y quedarse embarazada de quien dirigía los destinos de aquel reino significaba una cosa: ¡que estaba obligada a ser su reina!

Acepte 2 de nuestras mejores novelas de amor GRATIS

¡Y reciba un regalo sorpresa!

Oferta especial de tiempo limitado

Rellene el cupón y envíelo a

Harlequin Reader Service®
3010 Walden Ave.
P.O. Box 1867
Buffalo, N.Y. 14240-1867

¡Sí! Por favor, envíenme 2 novelas de amor de Harlequin (1 Bianca® y 1 Deseo®) gratis, más el regalo sorpresa. Luego remítanme 4 novelas nuevas todos los meses, las cuales recibiré mucho antes de que aparezcan en librerías, y factúrenme al bajo precio de $3,24 cada una, más $0,25 por envío e impuesto de ventas, si corresponde*. Este es el precio total, y es un ahorro de casi el 20% sobre el precio de portada. ¡Una oferta excelente! Entiendo que el hecho de aceptar estos libros y el regalo no me obliga en forma alguna a la compra de libros adicionales. Y también que puedo devolver cualquier envío y cancelar en cualquier momento. Aún si decido no comprar ningún otro libro de Harlequin, los 2 libros gratis y el regalo sorpresa son míos para siempre.

416 LBN DU7N

Nombre y apellido	(Por favor, letra de molde)	
Dirección	Apartamento No.	
Ciudad	Estado	Zona postal

Esta oferta se limita a un pedido por hogar y no está disponible para los subscriptores actuales de Deseo® y Bianca®.
*Los términos y precios quedan sujetos a cambios sin aviso previo.
Impuestos de ventas aplican en N.Y.

DESEO

*¿Tardaría mucho en llegar
la proposición de matrimonio?*

Doble engaño

ANNA DePALO

Para proteger su reputación en una ciudad donde el hombre era un lobo para el hombre, la actriz Chiara Feran necesitaba un falso novio a toda prisa. Que fuera el especialista de su última película, Rick Serenghetti, parecía una apuesta segura.

Pero en Hollywood las cosas y los especialistas no eran lo que parecían. Rick era, en realidad, un rico productor cinematográfico que trabajaba de especialista en busca de emociones. ¡Y cómo le emocionaba su último papel! Pero iba a obtener más de lo acordado cuando la línea entre la realidad y la ficción comenzó a desdibujarse. Pronto, estaría de camino un bebé de verdad.

¿Estaba ella preparada para seguirlo a donde quería llevarla?

EL DUEÑO DE SU VIRTUD

Miranda Lee

Violet, una chica tímida y precavida, siempre había vivido apartada del mundo, pero ya estaba harta. ¿Sus propósitos para el Año Nuevo? Aceptar todas las invitaciones para ir de fiesta y encontrar a un hombre que le arrebatara la pureza.

Y apareció Leo Wolfe, un productor cinematográfico de fama mundial, que era el poder, la riqueza y la atracción personificadas. Si había un hombre que pudiera apartar a Violet del camino de la virtud, era él.